걷는
듯

듯

천

천

히

이 도서의 국립중앙도서관 출판시도서목록(CIP)은 e-CIP홈페이지(http://www.nl.go.kr/ecip)와
국가자료공동목록시스템(http://www.nl.go.kr/kolisnet)에서 이용하실 수 있습니다.
(CIP제어번호: CIP2015021263)

# 걷는 듯 천천히

고레에다 히로카즈 지음 — 이영희 옮김

문학동네

이제 한 달 뒤면 새 영화 〈그렇게 아버지가 된다〉를 개봉한
다. 이런저런 인터뷰에서 자주 이야기했지만, 〈그렇게 아버지
가 된다〉는 매우 개인적인 사건에서 비롯되었다.

전작 〈진짜로 일어날지도 몰라 기적〉의 촬영 때문에 장기간
집을 비웠다가, 한 달 반 만에 아내와 딸이 기다리는 집으로
돌아온 어느 날 밤. 세 살배기 딸은 방 한구석에서 그림책을
읽으며 힐끔힐끔 나를 신경쓰는 기색이었지만, 좀처럼 곁에 오
려 하지는 않았다.

'아이가 긴장하고 있구나……' 그렇게 생각하니 도리어 나도
긴장이 돼버려서, 둘 사이에 미묘한 공기가 흐르는 채 그날 밤
이 지나버렸다.

다음날 아침, 일하러 나서는 나를 현관까지 배웅 나온 딸이 "또 와"라고 한마디 건넸다. 아버지로서 나는 엉겁결에 쓴웃음을 지었지만, 내심 꽤 당황했고 상처를 받았다.

그런가…… 그렇게 농밀하지는 않았을 게 틀림없지만, 나와 함께한 3년이라는 축적된 시간이 딸의 내면에서는 완전히 리셋돼 있었다.

'피가 섞였다'는 것만으로는 안 되는구나. 솔직히 그렇게 생각했다.

그러고는 '역시 시간인가……'라는 생각에 이르렀다. 물론, 일의 성격상 딸과 오랜 시간을 함께 보내는 게 현실적으로 불가능하다는 사실을 처음부터 알고는 있었지만 말이다.

이번에 후쿠야마 마사하루 씨에게 주연인 아버지 연기를 맡기면서, 그 또한 나의 일상적인 고민을 있는 그대로 고민하게끔 하려 했다. 더욱 극적이고 뼈아프게. 즉 '피'인지 '시간'인지, 양자택일을 강요당하는 상황으로 그를 몰아붙여보자고 아주 짓궂게 생각했다. 그런 일종의 악의에서 〈그렇게 아버지가 된다〉는 시작됐다.

이런 생각도 들었다. '병원에서 아기가 뒤바뀐다'는 선정적인 사건을 플롯에 넣으면 관객의 시선과 의식은 아마 '부부가 어느 아이를 선택할까?'라는 질문 쪽으로 향할 것이다. 그러나 그쪽으로 '이야기'를 풀어가는 힘이 너무 강하면, 그 이면에서 숨쉬게 마련인 그들의 '일상'이 소홀해진다. 그래선 안 된다. 끝까지 일상을 풍성하게, 생생하게 보여줄 필요가 있다. '이야기'보다 '인간'이 중요하다. 이번에도 이런 관점을 바꿀 생각은 없다. 그렇기에 두 가족의 생활 속 디테일을 어떻게 쌓아가느냐에 충분한 시간을 들이려 했다.

목욕을 마치고 어머니는 아이의 머리를 어떤 식으로 말려줄까? 세 식구는 침대 위에 어떤 순서로 나란히 누워, 어떤 식으로 손을 잡을까? 아버지는 눈앞에 나타난 친자식의 무엇을 마음에 걸려 할까? 누구와 누구를 비교할까? 언뜻 봐도 일상에서 볼 수 있을 듯한 생활을 충실하게 묘사하지 못하면 이 영화는 실패라고 생각했다. 그래서 내가 일상 생활에서 건져올린 기억과, 눈앞에서 배우들이 전개하는 '생활'에 대한 관찰을 중시했다고 여기고 있다.


TV 다큐멘터리 감독 출신이기도 해서 세간에서는 나를 '사회파'로 부르기도 하고 나 스스로도 그렇게 인정했던 시기가 있었다. 초기작 중에서 예를 들자면, 옴진리교 사건이나 도쿄에서 일어난 아동 방치 사건 등에서 직접적으로 영감을 받아

만든 것도 있고, 뉴욕에서 동시다발적으로 일어난 9·11 '테러' 와 그후 세계를 뒤덮은 '복수'라는 감정에 반발하는 양 '앙갚음'에 대한 이야기를 영화로 만든 적도 있다.

그런 태도는 어머니의 죽음에 대한 후회라는, 전적으로 개인적인 감정을 토대로 만든 〈걸어도 걸어도〉라는 영화를 계기로 크게 변했다. 이 영화에는 말하자면 '사회성'이란 게 거의 없다고 나 스스로도 생각했다. 이렇게 개인적이고 일본적인 이야기가 과연 외국인들의 마음에 가닿을 수 있을까.

아니나 다를까, 프랑스 판권에이전트사 사장은 〈걸어도 걸어도〉를 보고서 "너무 가족적"이고 "너무 로컬"하다며 낙담했다. 유럽인은 이런 감정을 이해할 수 없다면서 말이다. '뭐 이해받지 못한다면 그건 그것대로 어쩔 수 없지……' 솔직히 별 부담이 없었다.

하지만 '그럼에도 불구하고'였다. 영화를 해외시장에 내놓자, 예상은 보기 좋게 뒤집혔다. 스페인 산세바스티안 국제영화제에서의 일이다. 상영이 끝난 후, 멋진 턱수염을 가진, 키가큰 바스크인 남자가 큰북 같은 배를 흔들며 나에게 다가와 이렇게 말했다.

"어떻게 내 어머니의 일을 알고 있는 거죠?"

한국에서도 캐나다에서도 브라질에서도 같은 반응을 접했다.

보편성이란 무엇일까? 물론 무언가를 만들 때 전 세계를 고려한다고 해서 세계에서 통용되는 것은 아니다. 만약 이렇게 자신의 내면적 체험과 감정을 탐구해서 어떤 종種의 보편에 닿는다면 그보다 더 좋은 것은 없다. 당분간 그런 자세로 나와, 영화와, 세계의 관계를 생각해보자. 이렇게 생각했다.

〈그렇게 아버지가 된다〉도 그 연장선상의 작품이다.

나의 첫 에세이집인 이 책 『걷는 듯 천천히』는, 〈진짜로 일어날지도 몰라 기적〉이 개봉한 무렵인 2011년 니시니폰신문에 동명의 제목으로 연재했던 글이 중심이다.

사실 이전에 방송국에서 다큐멘터리 프로를 연출했을 때 타이틀로 한 번 사용했던 제목이기도 하다. 프로 음악가나 가수로 데뷔하기 위해 오디션을 받는 젊은이들을 다룬 프로그램이었다. 그러나 오디션 결승이라는 비일상적인 것이 아니라, 그들의 일상에 음악이 어떻게 스며들어 있는가에 초점을 맞췄다. 방송은 그들의 일상을 향해 숨을 죽이고 조용하게, 느릿하게 걷듯이 다가갔다.

같은 제목을 이번으로 세번째 쓰게 된 이유는, 이 에세이집이 글을 쓰던 당시의 내 일상과 느릿한 보폭으로 걸음을 맞추고 있는 듯해서다.

멈춰 서서 발밑을 파내려가기 전의 조금 더 사소하고, 조금 더 부드러운 것. 물 밑바닥에 조용히 침전된 것을 작품이라 부른다면, 아직 그 이전의, 물속을 천천히 유영하는 흙 알갱이와 같은 것. 이 에세이집은 그런 흙 알갱이의 모음이다.

아직 작은 알갱이 그 하나하나는 분명 몇 년이 지난 후, 다음, 그다음 영화의 싹이, 뿌리가 될 것이다.

나는 그렇게 확신한다.

# 차 례

■출처
이 책은 2011년 5월 2일부터 7월 13일까지 니시니폰신문에 게재된 '걷는 듯 천천히'에
아래의 원고를 더해, 가필 수정했다.

「상중의 엽서」_『광고비평』No. 246, 2001년 1월호
「품성보다 분노'라는 박력」_ 아사히신문 석간, 2004년 6월 15일
「보이지 않는 것과 보이는 것」_『신·조사 정보』 2007년 1월호
「칸 영화제에서 돌아와」_ KORE-EDA.com, 2013년 6월 2일
「안도와 후회」_ KORE-EDA.com, 2013년 6월 10일
「무라키 씨」_ KORE-EDA.com, 2008년 1월 29일
「하라다 씨」_『키네마 준보』, 2011년 9월 15일호
「나쓰야기 씨」_ KORE-EDA.com, 2013년 5월 12일
「야스다 씨」_ KORE-EDA.com, 2009년 3월 13일
「엄마의 등」_〈걸어도 걸어도〉(2008년 6월 개봉) 영화 팸플릿

## 1 장

영상의 주변에서

행
간

제목에 끌려 책 한 권을 샀다.

『이제 곧 하지다』.

하쿠스이샤에서 출간된 이 에세이집의 저자는 나가타 가즈히로 씨. 세포생물학 분야의 권위자이자 단가 시인인 그가 역시 단가 시인이었던 부인(가와노 유코)과의 생활을 중심으로 일상의 이야기를 엮은 책이다. 책의 제목은, 유방암의 전이가 발견돼 아내에게 죽음이 다가오던 시기에 나가타 씨가 지은 시에서 뽑은 것이다.

하루가 지나면
하루가 줄어간다
너와의 시간
이제 곧 하지다

영상과 글의 차이는 있겠지만, 이 시에서 표현된 감정과 시간에 대한 관점을 보고, 내가 표현하고 싶었던 하나의 이상형을 찾은 느낌이었다.

이 책에서는 단가에 대해 이런 철학도 밝힌다. 조금 길지만 인용해보겠다.

단가는 기본적으로 슬픔이나 외로움 같은 감상을 말하지 않는다. 말하지 않음으로써 독자가 느끼게 하는 것, 그것이 단가 형식의 기본이다. 따라서 짧은 단어에서 그 느낌을 해석해내는 독자의 존재를 전제하지 않으면 성립하지 않는 시형詩型이기도 하다.

_ 「시간이라는 추錘」에서

가능하면 영화에서도 슬픔이나 외로움 같은 감정을 직접 말하지 않으면서 표현해보고 싶다. 문장에서의 '행간'을 효과적으로 사용하면서, 보는 이들이 상상력으로 빈 곳을 채우는 식의 영화가 되면 좋겠다고 생각하며 영화를 만들고 있다. 하지만 현재 영화는, '전제' 조건으로 존재하던 '작은 영화관 문화'가 위기에 처하고, 멀티플렉스 영화관이라는 거대한 오락시설에서 '소비'되는 여흥으로 변질되도록 강요당하는 어려움에 직면해 있다. 이런 상황을 한탄하는 데에서 그치는 것이 아니라 그 새로운 장소에서 관객과 어떤 관계를 맺어갈 것인가. 그 방법에 대한 모색이 영화를 만드는 이들에게도 필요하다.

메시지라는 말은 정말이지 친해지기 힘든 단어다. "이 영화의 메시지를 한마디로 말한다면?" 신작 영화를 홍보할 때면 몇 번이나 그런 질문이 되풀이된다. 아, 곤란하다 곤란해…… 애초에 내가 이 영화에 메시지란 걸 담았던가.

프랑스의 작은 영화제에서 이런 이야기를 들은 적이 있다.

"당신은 죽음과 기억의 작가라고 자주 소개되는데, 나는 그렇지 않다고 생각한다. 당신은 늘 '뒤에 남겨진 사람'을 그리고 있다. 스스로도 그것을 의식하는가?"

이 비평가에게 이런 이야기를 듣기 전까지 나는 자신의 '본질'을 깨닫지 못했다. 이런 이야기를 들은 적도 있다.

"당신은 영화 속의 어떤 등장인물도 판단하려 들지 않는다. 선악으로 나뉘지 않는 지점이 나루세 미키오 감독의 영화와 통한다고 생각한다."

이건, 좀 자랑이다. 그렇긴 하나 이 이야기를 듣고서 왜 내가 나루세 감독의 영화를 좋아하는지 알게 됐다. 이들의 비평은 한마디로 말할 수 있는 메시지라기보다, 나의 무의식의 깊은 곳까지 내려가 작품을 '이해'하려 한 결과다.

"시는 메시지가 아니다. 메시지는 의식한 것에 불과하지만 시는 무의식에서 나오는 것이다." 시인 다니카와 슌타로 씨는 한 심포지엄에서 이렇게 말했다. 만약 어떤 작품에 이야기할 만한 메시지라는 것이 포함돼 있다면, 그것은 만든 사람이 아닌 독자나 관객이 발견하는 것임에 틀림없다.

지난 주말, 〈진짜로 일어날지도 몰라 기적〉의 홍보 행사차 센다이와 후쿠시마를 방문해 상영회를 열었다. 분명 지금까지의 내 작품 중에서 이 작품이 가장 긍정적인 감상을 이끌어낼 것이다. 단, 앞선 글과도 관련되지만, "이 영화를 보고 힘을 내주세요"라고 말할 생각은 없다. 메시지(라는 단어를 굳이 쓴다면)의 주고받음이 존재한다면, 그것은 내가 전하러 가는 게 아니라 받으러 가는 것이다. 재해지에서, 아직 말로 표현되지 않은 무의식에 잠들어 있는 목소리에 귀기울이기 위해 가는 것이다. 내 작품이, 만드는 사람으로서의 나 자신이, 이 '현실' 앞에 노출됐을 때 과연 견뎌낼 수 있는가? 그것을 확인하기 위해 가는 것이다.

세
계

영화나 TV 방송은 당신에게 무엇입니까?

이런 본질적인, 그래서 대답하기 어려운 질문을 종종 듣는다.

"커뮤니케이션입니다."

최근에는 이렇게 답하고 있다.

"자기표현은 아닌가요?"

그러면 이런 질문을 재차 받는다. 다른 감독은 어떨지 잘 모르겠지만, 이 '자기표현'이라는 단어가 이 일을 시작한 초창기부터 아무래도 잘 와닿지 않았다.

"너는 무슨 생각을 하는지 알기 힘든 놈이지만, 네가 만든 프로를 보면 너의 감정이 드러난다니까."

중학교 동창에게 이런 이야기를 들은 적이 있으니, 스스로는 깨닫지 못한 나다움 같은 것이 영상이라는 구체적인 수단을 빌려서 내 안에서 배어나오기도 할 것이다. 다만 거기에는 '무언가'에 대한 나의 감정이 그려질 뿐이다.

감정이 형태를 가지려면, 영화로 치면 영화 밖의 또다른 한 가지, 자신 이외의 어떤 대상이 필요하다. 감정은 그 외부와의 만남이나 충돌에 의해 생긴다. 어떤 풍경을 마주한 뒤 아름답다고 생각한다. 그러면 아름다움이란 내 쪽에 있는가, 아니면 풍경 쪽에 있는가? 나라는 존재를 중심으로 세계를 생각하는가, 세계를 중심에 두고 나를 그 일부로 여기는가에 따라 180도 다르다. 전자를 서양적, 후자를 동양적이라고 한다면 나는 틀림없이 후자에 속한다.

'천지유정(만물에 사랑이 깃들어 있다)'이라는 말이 있다. 내가 가장 존경하는 분인 대만의 허우 샤오시엔 감독이 자주 색종이에 썼던 말인데, 나도 그와 생각을 같이하며, 그와 같은 생각이라는 데 감동한다.

내가 작품을 낳는 것이 아니다. 작품도 감정도 일단은 세계에 내재되어 있고, 나는 그것을 주워모아 손바닥에 올린 뒤

"자, 이것 봐" 하며 보여줄 뿐이다. 작품은 세계와의 대화(커뮤니케이션)다. 이 세계관을 겸허하고 풍요롭다고 생각하는가, 작가로서의 약점이라고 생각하는가. 그 대립은 근원적이다.

지난번에 작품은 자기표현이 아닌 커뮤니케이션이라고 썼는
데, 그 주제에 대해 조금 더 말하고 싶습니다. 방송일을 시작
했을 때 "알기 쉽게"라는 말을 가장 많이 들었습니다. "누구라
도 알 수 있게"라고 말이죠. "시청자는 바보니까"라고 태연하게
말하는 방송국 직원도 있었습니다. 물론 사람들에게 무언가
를 전달하는 직업이니만큼 어떻게 하면 사람들이 이 이야기를
진지하게 들어줄까를 고민하며 단어를 고르고 말하는 순서도
생각합니다. 그러나 누구라도 알 수 있는 작품 같은 건 있을

수 없습니다. 그런 생각은 말과 영상, 조금 더 나아가 커뮤니케이션을 지나치게 믿는 것이라 생각합니다. 알기 어려운 것을 5분 안에 설명해주는 게 TV 방송이라고 생각하는 분도 많겠지만, 사실 한편으로는 간단해 보이는 현상의 배후에 숨은 복잡성을 그리는 것이야말로 방송이라고 여기는 가치관도 존재합니다. 왜냐하면 세계는 복잡한 것이니까요. 그 복잡성을 없는 것으로 치부하고 '알기 쉬운' 것만 찾는 고객들에게 영합한 결과, (전부 그렇다고는 말하지 않겠습니다만) 영화나 방송이 유치해졌다고 생각합니다. 그리고 현실에서 도피했습니다. "빨리 이 맛을 알도록 해"라며 어른이 아이를 높은 곳으로 이끄는 듯한 태도가 제작자의 오만이라는 소리도 언젠가부터 들려옵니다.

과연 어느 쪽의 태도가 커뮤니케이션의 진면목에 보다 가까울까요?

"누군가 한 사람을 떠올리며 만들어라." 방송국 신입 사원 시절, 선배에게 이런 말을 들었습니다. "시청자라는 모호한 대상을 지향해 방송을 만들면 결국 누구에게도 가닿지 않는다. 어머니라도 애인이라도 좋으니 한 사람에게 이야기하듯 만들어라." 즉, 작품을 표현이 아닌 대화로 여기라고 그는 말했던 것입니다. 이를 염두에 두고 만들면 분명 작품은 문이나 창문을 열어젖힌 듯, 바람이 잘 드나들게 됩니다. 이렇게 불어온 바람은, 내가 자기표현이라는 말에서 느끼는 '자기완결감'을 깨끗하게 날려줍니다.

영화 〈진짜로 일어날지도 몰라 기적〉은, 지금 세 살인 딸이 열 살이 되었을 때 보여주고 싶다고 생각하며 만들었습니다. 세계는 풍요롭고, 일상은 있는 그대로 아름다우며, 생명은 그 자체로 '기적'인 거야, 그렇게 딸에게 말을 걸듯 만들었습니다.

혁
명

영화와 TV 방송은 뭐가 다르다고 생각하세요?

이런 질문을 자주 듣는다. 가장 간단히 답한다면 이렇다. 사진이 움직이는 게 영화고, 라디오에 화면이 더해진 것이 TV 방송이라고. 태생DNA은 전혀 다르지만 진화(?) 과정에서 닮게 되었다.

영화보다 50년이나 늦게 태어난 TV 방송. 그때 영화는 이미 음향을 갖추고 있었기 때문에, 보는 사람 입장에서 영화와 방송은 돈을 내고 보느냐 공짜로 보느냐 정도의 차이밖에 없지 않았을까. 많은 제작자들의 시선도 마찬가지여서, TV 방송 초창기에는 어쩔 수 없이 뉴스는 기록영화(또는 신문)를, 드라마는 영화를 모델로 삼았다. 그러나 60년대로 접어들어, 제작자들 사이에서 'TV 방송의 오리지널리티'를 모색하는 움직임이 나타난다. 나의 독단과 편견으로 그 '혁명가'를 고르자면 드라마 분야의 구제 데루히코, 다큐멘터리 분야의 이타미 주조(이타미와 함께 수많은 TV 프로를 연출한 곤노 쓰토무로 바꿔도 좋다), 그리고 버라이어티 분야의 하기모토 긴이치. 이 세 명이다 (단호하다).

구제는 홈드라마라는 장르로 30퍼센트 이상의 시청률을 유지하면서도 거기에 콩트와 노래 등 버라이어티적인 요소를 넣었다. 게다가 생방송 드라마를 시도하는 등, 녹화 시스템조차 제대로 정비되지 않았던 초창기 TV 드라마 제작 방식에 계속해서 도전했다. 이타미는 70년대에 여행 프로나 다큐멘터리의 리포터로 활약했는데, 그의 프로는 방송이 만들어지는 과정까지 겉으로 드러내 방송화하는 지적인 작업이었다. 하기모토는 무엇보다, TV에서는 전문 예능인에 비해 비전문가가 더 재미있다는 사실을 처음 발견한 사람이다. TV를 아마추어의 미디어로 만들어냈다고 비판할지도 모르나, 지금은 그것이야말로 TV의 본질이었다고 생각된다.

혁명이 일어나고 40년이 지난 지금, 인기 TV 드라마 시리즈가 영화화되는 일도 별일 아니게 됐다. 그러면 오늘날, TV의 오리지널리티는 어떻게 규정되어야만 하는가. 스스로 자문자답중이다.

다
큐
멘
터
리

다른 누군가가 연출한 영화나 TV 드라마를 참고해 캐스팅하는 일도 물론 없지는 않다. 하지만 내 경우에는 오히려, 그 사람의 본모습을 살짝 엿볼 수 있는 버라이어티 방송이나 인터뷰를 보고 캐스팅하는 경우가 많다.

자신의 성격이나 환경, 성장 과정과 거리가 먼 캐릭터일수록 연기하기 쉽다는 배우도 있으니 일반화할 수는 없다. 그러나 배우라는 존재가 완전히 허구일 리 없고, 황당무계한 이야기에서도 한 인간으로서 숨쉬고 먹고 달리므로, 그 몸과 목소리, 주름을 만든 지금까지의 삶과 완전히 분리돼 존재하지는 못할 것이다.

하물며 요즈음에는 허구적 공간인 촬영세트장에서 은막의 스타를 찍기보다는(내 경우로 한정하자면 틀림없이) 실제 길거리에서, 허름한 아파트 안에서, 저물어가는 석양 자체의 빛을 광원으로 삼아서 영화를 찍는 경우가 많다. 먼저 그 현실을 받아들이지 않으면 영화 제작은 시작될 수 없다. 만약 지금도 영화 대부분을 예전처럼 세트장에서 찍고, 내가 그 촬영소에 소속된 감독이며, 미후네 도시로나 가쓰 신타로가 현역이라면, 나도 아마 그렇게 생각하지는 않았을 것이다. 그러나 역사의 페이지가 몇 장이나 넘어가 영화가 과거와 같은 방식으로 존재할 수 없게 된 지금에 나는 영화를 찍고 있다. 거창하게 말하면, 지금 상황에 맞는 연기의 기본 방식, 배우의 모습을 찾는 것이 내게 주어진 숙명이라고 생각한다.

예나 지금이나 내 영화는 다큐멘터리 같다는 말을 자주 듣는다. 내가 TV 다큐멘터리로 이 일을 시작한데다, 연기 경험이 별로 없는 모델이나 어린이를 주인공으로 삼아 영화를 찍기 때문일 것이다. 그것도 틀린 이야기는 아닐 것이다. 그러나 작가란 세계를 지배하는 것이 아니라 세계의 부자유를 받아들이는 존재라는 체념적인 태도. 그리고 그런 부자유스러움을 재미있다고 생각할 수 있는 감각. 이것이야말로 다큐멘터리적으로 보인다고 나 스스로는 분석한다.

책
임

　나는 지금도 '테레비만유니온'이라는 방송 프로 제작사에
적을 두고 있다. 대학을 졸업한 1987년 이래 쭉 그래왔으니 벌
써 26년. 정확히 인생의 절반을 이 조직에서 보낸 셈이다. 새
삼 숫자로 써보니 놀랍다. 입사 면접 때 어떤 프로를 만들고
싶으냐는 질문에 "자연 에너지에 대한 다큐멘터리"라고 대답
했었다. "그럼 이 회사 빌딩도 태양열 발전으로 바꾸는 게 좋
겠네"라고 면접관이 조금 비아냥거리자, "네, 그렇게 생각합니
다"라고 했다. 그러나 (이게 문제인데) 그렇게 대답하면서도 애

당초 그런 건 무리잖아, 하고 생각했었다. 순조롭게(?) 입사가 결정된 후 1년차 시절에 두 개의 기획서를 썼다. 미국에서 차와 전기를 이용하지 않고 자급자족하며 살아가는 '아미시' 사람들에 대한 것과, 12세기 이탈리아에서 태어나 자연과의 공생을 조용하게 이야기하며 실천한 아시시의 성 프란체스코에 관한 것이었다. 한때, 농약을 쓰지 않는 자연농법의 가능성에 대해 내가 이야기하자 입사 동기가 말했다.

"네가 농업에 대해서 뭘 알아. 제대로 흙을 만져본 적도 없는 주제에."

그의 고향집은 야마가타의 농가였다.

이런 책상물림이긴 했지만 원자력발전소의 위험성에 대해 무지했던 건 아니다. 그렇기에 "속았다"고 화낼 자격은 없다. 권력과 기업이 결탁해 현지 주민의 목소리를 돈뭉치로 막고, 안전성에 대해 어용학자가 이야기하게끔 하는 수법은 미나마타병 때와 별반 다르지 않았기 때문이다. 그럼에도 어느샌가 그런 취지의 기획서를 쓰지 않게 되었다. 누군가가 압박한 것도 아니고, 스스로. 그리고 도쿄에서 안전하고 쾌적한 생활을 만끽해왔다.

이젠 제목도 잊어버렸지만, 유대인 학살을 그린 어느 극영화에서 이런 장면을 봤다. 학살당하는 사람들을 향해 어떤 남자가 "나는 아무것도 할 수 없지만, 적어도 이 행위가 잘못됐다는 것을 안다"라고 말하자 유대인이 이런 말로 그 변명을 내친다. "알고도 아무것도 하지 않는 사람은 몰라서 아무것도 하지 않는 사람보다 죄가 무겁다." 그 장면을 최근 계속해서 떠올린다.

리

트

윗


　BPO(방송윤리·프로그램향상기구)라는 단체의 멤버로 활동
한 지 1년이 지났다. 내가 도움이 된다고 실감하지는 못하지
만, 동료 위원인 다치바나 다카시 씨, 요시오카 시노부 씨, 가
야마 리카 씨, 시게마쓰 기요시 씨 등과 TV의 바람직한 모습
에 대해 의견을 교환하며 많은 것을 배우고 있다. 이 단체의
주요 역할은 윤리적 문제가 불거진 프로에 대해 상세히 조사
해 제언하고, 방송국, 제작자에게 자주적 개선 노력을 촉구하
는 것이다. 개인적으로는 개별 프로의 옳고 그름보다 '연출이

란 무엇인가?'라는 방법론에 대해 더 깊이 관여하고 싶지만, 그 것은 위원이 할 일이 아니라 현장 제작자가 할 일이라는 분별 (그건 맞다)이 큰 벽으로 존재한다. 확실히 나는 옳고 그름보다 기준이 모호한 연출의 교졸(재미있고 없음)에 흥미가 있으니, 이를 위원회의 의견으로 제시하는 것은 지나칠지도 모른다.

연출론을 깊이 파고들 수 없는 또다른 이유는, 도마 위에 오른 프로그램의 연출이 너무 치졸해, 어찌해도 연출론으로는 발전할 수 없을 것 같아서다. 인터넷의 정보를 추가 조사도 하지 않고 사실로 소개해버린다든지, 당사자의 발언을 제삼자에게 확인하지 않고 그대로 수용해버린다든지. 전혀 자신의 눈과 귀와 발로 취재하지 않기 때문이다. 하지만, 이런 문제를 언급하자면 한이 없다. 남이 취재한 신문 기사를 스튜디오에 늘어놓고서 읽다가 끝나는 프로그램이 얼마나 많은가. 이것은 이제 제작자의 미학, 자존심 문제일지도 모른다.

TV와는 관계없는 이야기지만, 이 책에 담긴 유YOU 씨와 기키 씨에 대한 내 에세이가 인터넷에 거의 백 퍼센트 그대로 인용돼 올라온 것을 봤다. 게다가 그 기사(?)를 정리한 사람의 이름까지 쓰여 있었지만, 그에게 취재를 받은 적은 없다. 최근 트위터를 시작하면서 알게 됐지만, 이는 분명 리트윗이라는, 자신이 공감한 내용을 자신의 트위터에 올려 확산시키는 감각에 가까울 것이다.

　자, 이 '선의'(아마도)의 리트윗에 어떻게 대응하면 좋을까.
지금도 생각중이다.

사
자

이번에 대만에서 상영되는 것은 영화는 아니고, 지난해 NHK에서 방송된 〈훗날〉(주연 가세 료, 나카무라 유리)이라는 TV 드라마다. 이는 무로 사이세이의 「동자」 「훗날의 동자」라는 단편소설을 각색한 작품으로 죽은 아이가 부모님에게 돌아와 일주일간 함께 지낸다는 일종의 괴담이다.

"왜 항상 죽은 이에 대해 그리려 하는가."

데뷔작인 〈환상의 빛〉 때부터 이런 질문을 수차례 받았지만 솔직히 별로 분석해보지는 않았다. 그러나 〈걸어도 걸어도〉의 프랑스 개봉 때에는 너무 끈질기게 묻기에 괴로운 나머지 이렇게 말해봤다.

"일본에는 당신들과 달리 절대적인 신이 없으니 사자死者가 이를 대신하는 게 아닐까요. 조상님께 고개를 들 수 없다는 말도 있고. 부끄럽지 않은 삶을 살기 위해 '사자'라는 존재가 필요한 거예요. 분명."

생각나는 대로 말한 내용인데 상대가 심하게 동의하는 바람에 반대로 곤란해져버렸지만, 이후에는 이 '신 대신' 설로 이런 질문을 받아넘기고 있다.

"사람이 죽지 않는 이야기를 써야 비로소 어른"이라는 이야기를 학창 시절에 들었던가. 분명히 이는 소설가에게도, 영화 창작자에게도 공통으로 적용되는 하나의 지침일 것이다. 거기에 이의는 없다. 다만 변명하긴 싫지만, 나는 누군가가 죽어가는 과정을 그림으로써 등장인물과 관객의 슬픔을 부추긴 적은 단 한 번도 없다고 단언할 수 있다. 〈원더풀 라이프〉에서는 죽음의 편에서 더없이 소중한 삶을 그리려 했고, 〈아무도 모른다〉에서도 최대한 그 과정과 슬픔은 떼어냈다고 생각한다. 이 작품 〈훗날〉도 돌아온 죽은 아이와 부모가 다시 헤어지는 과정을 그렸지만, 주제는 물론 슬픔이 아니다. 반대로 죽은 아이와 함께할 때만 이 부부는 '삶'을 회복하고 즐거워한다. 그들이 그만큼 살아가는 방법을 잃어버리고 있었다는 사실을 모종의 으스스함과 함께 그려보고 싶었던 것이다. 〈걸어도 걸어도〉에서 기키 기린 씨가 연기했던 어머니처럼. 자, 이 〈훗날〉이란 작품은 대만에서 과연 어떻게 받아들여질까. 무더운 밤과 '괴담'이 잘 어울리긴 한다.

상
에
대
하
여

죽음에 대해 좀더 말해보려 한다. 정확히 말하자면 '죽음'이
아니라 '상喪'에 대하여.

정신과 의사인 노다 마사아키 씨의 책 가운데 『상중에』라는,
일본항공 123편 추락사고 유족들의 정신적 치료에 대한 논픽
션이 있다. 벌써 20년 전에 출판된 책이다. 사고 유족이 가족의
죽음을 어떻게 받아들이고 이를 극복해가는가. 그 과정을 상
세히 추적한, 감동적이면서도 인간에 대해 깊이 생각하게 하는
책이다. 그 책에 "사람은 상중에도 창조적일 수 있다"라는 구절

이 있다. 애도 과정grief work은 슬프고 괴로워하는 데서 그치지 않으며, 그 과정에서 사람은 성장하기도 한다고, 나는 그 뜻을 그렇게 이해했다.

이 책이 특별히 마음을 울린 데는 이유가 있다. 책이 출간되기 반년 전쯤, 교과서를 사용하지 않고 '종합학습'을 하던 나가노 현의 한 초등학교를 3년에 걸쳐 취재했었다. 이나 초등학교 봄반. 이 학급의 아이들은 목장에서 빌린 송아지 한 마리를 키워 교배를 시키고 젖을 짠다는 목표를 세우고 3학년 때부터 계속해서 송아지를 돌봐왔다. 그러나 5학년 3학기가 시작되기 조금 전, 예정일보다 한 달 빨리 어미소가 조산해버렸고, 선생님들이 이를 발견했을 때 송아지는 이미 차가워져 있었다. 울면서 송아지의 장례식을 마친 학생들을 기다리고 있던 일은, 염원했던 젖 짜기였다. 사산을 했어도 어미소의 젖은 매일 짜줘야만 했다. 학생들은 짠 젖을 급식 시간에 데워 마셨다. 즐거웠어야 할 이 젖 짜기와 급식은 본래 기대했던 바와는 달랐다. 그것은 이들이 이 '상'중에 쓴 시와 글에 여실히 나타났다.

> 쟈쟈쟈
> 기분좋은 소릴 내며
> 오늘도 젖을 짠다
> 슬프지만 젖을 짠다

이나 초등학교 봄반 아이들과. 1988년경.

기분은 좋지만 슬프다는, 슬프지만 우유는 맛있다는, 이 복
잡한 감정을 알게 된 걸 성장이 아니면 무어라 부를 수 있을까.

내가 창작을 하며 '죽음' 그 자체가 아니라 이 '상'에 집착하
며 홀리게 된 출발점은 틀림없이 여기라 하겠다.

복
잡

어린 시절 TV에서 본 영화 몇 편이 기억에 남아 있는데 〈자전거 도둑〉도 그중 하나다. 감독은 비토리오 데시카. 1948년에 개봉한 이탈리아 영화다. 세트장이 아닌 거리에서, 스타가 아니라 다양한 일반인을 기용해 찍은, 이른바 '네오리얼리즘'이라 불리는 작품군에 속하는 작품이다. 대학 시절에 만난 영화 팬들 사이에선 이 시대의 감독으로 로베르토 로셀리니가 정통파로 높은 평가를 받았고, 나처럼 비토리오 데시카나 페데리코 펠리니를 좋아하는 사람은 별로 센스가 없는 영화팬으로 여겨졌다. 그건 그렇다 치고.

〈자전거 도둑〉은 가난한 가족의 이야기다. 실업중이던 아버지가 겨우 일을 구했지만, 장사 도구인 자전거를 도둑맞았고, 안 그랬으면 좋으련만 생면부지인 사람의 자전거를 훔치다가 아들이 보는 앞에서 잡혀버린다(얼마나 슬픈 이야기인가). 어린 시절에는 그렇게 생각했다. 그러나 대학 시절 영화관에서 다시 봤을 땐 다른 인상을 받았다. 연행될 상황에 처한 아버지를 아들이 걱정스럽게 쫓아오는데, 이 아이의 존재를 알아챈 상대 남자가 "용서해주겠어"라고 이야기하는 장면. 이 남자의 존재를 주목해서 보니, 이 영화가 전과는 달리 휴머니즘을 그린 작품으로 여겨졌다. 사실 정통파에게는 이 지점이 '안이함'으로 비칠 수 있는 마이너스 요소인지도 모르겠지만, 그건 그렇다 치고.

사실 이 영화를 세번째로 봤을 때는 또 인상이 달라졌다. 용서받은 아버지가 어깨를 떨어뜨리고 터벅터벅 걸어나가는데, 불안하게 기대고 있던 아들이 아버지의 얼굴을 올려다보며 손을 잡는 것이다. 두 사람의 이러한 연결 방식은, 자식이 아버지의 손을 잡는 것을 넘어서서 아버지에 대한 구원으로 확장되게끔 그려져 있음을 깨달았다. 아버지는 어떤 생각으로 아들의 손을 맞잡았을까. 어쩌면 아버지에겐 체포되는 것보다 훨씬 잔혹한 결말이 아닐까.

　이 영화는 복잡하다. 그것은 물론 치졸해서가 아니라, 인생과 세계의 복잡성을 정확히 반영한 데서 생겨난 복잡함이다.

조
금
만 기
　다
　려
　주
　세
　요

　나고야와 교토의 영화관에서 GV를 하고 왔습니다. GV는
영화 상영 전 무대인사와 달리 상영 후 남아 있는 관객의 감
상이나 질문에 제작자(감독이나 프로듀서)가 대답하는 형식으
로 진행되는 작은 토크쇼입니다.

　나고야에서 GV를 하는데 축구 유니폼을 입은 초등학교 5학
년생 세 명이 맨 앞에 나란히 앉아, 씩씩하게 손을 들었습니
다. "배낭 안의 ○○은 진짜인가요? 어떻게 찍었나요?" 어른은
좀처럼 생각지 못하는 핵심을 꿰뚫는 질문. 영화관은 따뜻한

공기에 휩싸였습니다.

이 GV란 것을 처음 경험한 것은 16년 전. 데뷔작인 〈환상의 빛〉으로 해외 영화제를 돌 때였습니다. 영화는 영화만으로 완결된 것이니 상영 후 감독이 어슬렁어슬렁 나와서 뭔가를 지껄여봐야 사족에 불과하다고 생각했기에 처음에는 상당히 소극적이었습니다. 하지만 겪어보니 이런 시간이 의외로 알찼고, 영화도 제작자도 타인의 눈과 목소리에 '노출돼' '단련된다'는 신선한 감각을 경험할 수 있었습니다.

프랑스 항구도시인 낭트의 영화제에서 있었던 일. "이 〈환상의 빛〉이라는 영화에서는 모든 것이 두 번씩 반복된다. 그리고 영화의 서두가 꿈으로 시작하기 때문에, 마지막 또한 당연히 꿈일 것이다. 대체 어디서부터 꿈인 것인가?" 이런 고도(!)의 질문을 한 것은 한 중년 여성이었습니다. 통역자가 이 질문을 내게 전달하는 동안, 다른 관객이 손을 들어 "저는 여기부터 꿈인 것 같아요"라고 마음대로 이야기하기 시작합니다. "저는 거기부터라고 생각해요"라는 다른 목소리. 토론은 나를 내버려둔 채 열띠게 진행됐습니다. 어떻게든 끼어들려 하니 처음에 질문했던 여성이 "감독님의 의견은 잠시만요. 조금만 기다려주세요"라고 제지해 장내는 웃음바다로 변했습니다. 이것이 나의 강렬한 GV '원체험'.

이런 분에 넘치는 시간을 일본에서도 실현할 수 있을까 생각하며 16년간(아홉 작품을) 계속해오고 있습니다.

천
사

영화제가 좋다, 라고 쓰면 왠지 좀 거부감이 들지도 모르지만, 저는 영화제가 정말 좋습니다(단호!). 정확히 말하자면 정말 좋아하는 영화제가 몇 있습니다. 우선 스페인의 산세바스티안 영화제. 일본에는 별로 알려지지 않았지만 유럽에서는 칸, 베니스, 베를린 영화제 다음으로 꼽히는 유서 깊고 규모가 큰 영화제입니다. 다만 좋아하는 이유는 그런 것과는 관계없이 무엇보다 음식이 맛있기 때문(매우 중요). 이 영화제는 유럽에서 가장 아름다운 해안으로 불리는 항구도시에서 개최되는

데, 여기서는 다들 바르라고 불리는 대중 레스토랑의 카운터에 선 채로, 작은 접시에 담긴 요리를 몇 개 주문해 낮부터 맛있는 술을 마십니다. 저도 거기 끼어서 진저에일을 마시는데, 이게 정말 호사로운 시간입니다.

그다음으로 좋아하는 건 캐나다의 토론토 영화제랄까요. 여기는 휴양지는 아니고, 도심의 영화관을 이용해 열리는 시민 영화제입니다. 평론가나 영화 바이어보다는 일반인 관객 중심입니다. 영화제 기간 동안 휴가를 내고 자유 관람권을 사서 매일 영화관을 찾는 열혈 영화팬이 많기로도 유명합니다. "이번엔 전보다 훨씬 좋았어요"라며 이국의 일반 관객들이 말을 걸어오면 무척 기쁩니다.

좋아하는 감독과 배우들을 만날 수 있는 것도 영화제의 큰 즐거움 중 하나입니다. (제가 유명인을 좀 좋아합니다.)

네덜란드의 로테르담에서 이런 일이 있었습니다. 호텔에서 아침을 먹고 있는데, 〈베를린 천사의 시〉에 출연했던 브루노 간츠가 가까이 와서는 방 열쇠를 자리에 두고 식사(뷔페)를 가지러 갔습니다. 잠시 후 대만의 허우 샤오시엔 감독이 그 자리에 오더니 방 열쇠가 놓인 걸 눈치채지 못하고 그대로 앉아 식사를 시작해버렸습니다. '어떡하지…… 말해줄까' 생각하는 사이, 브루노 간츠가 돌아왔습니다. 순간 두 사람은 움직임을 멈추고 서로를 가만히 바라봤습니다. 곧 상황을 이해한 허우 샤오시엔 감독이 접시를 들고 자리를 옮기려 몸을 일으켰지만, 브루노가 그것을 막고는 윙크를 한 뒤 다른 자리로 옮겨갔습니다. 마치 영화의 한 장면 같은, 이야기의 서막 같은 어떤 한 순간을 접하고는 이날 하루종일 행복한 기분이 들었습니다.

결
핍

〈공기인형〉이라는 영화를 준비할 때의 일이다. 센다이에서
열린 상영회에서 만났던 어느 학교 선생님이 보내온 편지가 도
착했는데, 그 안에 요시노 히로시 씨의 「생명은」이라는 시가
동봉돼 있었다.

 생명은
 자기 자신만으로 완결될 수 없도록
 만들어져 있는 것 같다

이런 구절로 시작하는 시는, 세상에 넘치는 생명 하나하나의 인연을 그린 후, 다음과 같은 구절로 시의 주제를 뚜렷이 부각시킨다.

생명은
그 안에 결핍을 지니고
그것을 타자로부터 채운다

〈공기인형〉의 주인공은 제목처럼 비닐로 만들어진 성욕 해소용 인형이다. 영화는 이 인형이 어느 날 감정을 갖고 움직이기 시작한다는 판타지다. 뜻밖에 비닐이 찢어져 바람이 빠진 그녀에게 좋아하는 남자가 숨을 불어넣어주는 장면이 있다. 그 일로 비어 있던 그녀의 마음도 몸도 채워진다. 시의 주제는 영화의 주제와 멋지게 닮아 있었다.

인간은 자신의 결점을 노력으로 메우려 한다. 그러한 노력은 현실에서도 영화에서도 미덕으로 그려진다. 꽤 오래전부터 말이다. 그러나 과연 인간이 혼자만의 힘으로 그런 극복을 이뤄낼 수 있을까? 해냈다 하더라도 그것은 정말 아름다운 일일까? 이 시는 이렇게 우리의 가치관을 되묻는 것 같았다.

나는 주인공이 약점을 극복하고 가족을 지키며 세계를 구

한다는 식의 이야기를 좋아하지 않는다. 오히려 그런 영웅이
존재하지 않는, 등신대의 인간만이 사는 구질구질한 세계가
문득 아름답게 보이는 순간을 그리고 싶다. 그러기 위해서는
이를 악무는 것이 아니라, 금방 다른 사람을 찾아 나서는 나
약함이 필요한 게 아닐까. 결핍은 결점이 아니다. 가능성이다.
그렇게 생각하면 세계는 불완전한 그대로, 불완전하기 때문에
풍요롭다고 여기게 된다.

## 2 장

일상의 풍경

# 자
# 가
# 용

영화 준비 때문에 여기저기 거리를 걷다가 멋진 자동차를 발견하면 스태프에게 부탁해 그 앞에서 사진을 찍는다. 그렇다고 해도 차에 대해선 잘 모르니 취미 한번 유치하다. 화려한 색깔의 오픈카나 외제 차. 그리고 나도 알 만한 닛산의 페어레이디 Z 등. 매번 그러니 요즘에는 스태프들이 "사진 찍으실래요?"라고 먼저 물을 정도다. 내게는 당연한 행위지만, 아무래도 이 취미는 그리 일반적이지 않은 듯하다고 어른이 되어서야 깨달았다.

어떤 가정에든 다른 집과는 구별되는 그 집만의 약속이나 습관이 있기 마련이다. 욕조에 들어가는 방법이라든지, 수박이나 딸기를 먹는 방법이라든지. 딴 집에서 보면 '엇? 그런 식이야?' 하고 놀라는 경우도 자주 있다. 우리 가족만의 남다른 가풍은 사진을 찍는 방법이었다. 고레에다 집안에서는 옛날부터 밖에서 사진을 찍을 때는 남의 차 앞에서 찍는다고 정해져 있었다. 물론 주인에게 미리 양해를 구하지는 않는다. 그러고서 마치 자가용인 양 자세를 잡고 찍는 것이다. 옛날 사진 앨범을 보면 얼마나 많은 차 앞에서 가족사진을 찍었는지 알 수 있다. 누나와 함께 마쓰리용 전통 복장을 입고 주차장에 세워진 차의 보닛 위에 당당히 앉아 있는 사진. 세 살 때쯤일까, 나 혼자 차 뒷범퍼에 올라가 아버지와 어깨동무를 하고 있는 사진. 이것은 여섯 살 때쯤, 60년대에 유행했을 도요타 코로나 하드톱 앞에서 나들이용 카디건을 입고 새침하게 있는 사진. 전동삼륜차 앞에서 어린 누이들과 아버지가 나란히 서 있는 사진도 있으니까, 이 풍습은 내가 태어나기 전부터 고레에다 집안에 존재했던 셈이다. 왜 차를 사지 않느냐고 줄곧 어머니에게 책망당했던 아버지가 어떤 기분으로 이런 사진을 찍었는지는 알 길이 없지만, 아이들은 언제나 태평하게 웃고 있다.

누군가의 차 앞에서. 다섯 살 무렵.

세월은 흘러, 지금도 고레에다 집안에 자가용은 없다. 한 번쯤 딸과 함께 다른 사람의 차 앞에서 사진을 찍고 싶지만, 그러기엔 아직 용기가 조금 부족하다.

기
운

시절 탓이겠지만, '보면 기운나는 영화 세 편을 뽑아달라'는
설문을 연달아 세 번 받았다. 곤란하다 곤란해……

영화관은 겁쟁이가 혼자 울러 가는 곳이라고 다자이 오사
무가 썼던가. 그 정도는 아니더라도, 역시 기운을 내려고 영화
관에 간 기억은 거의 없다. 보고 나면 살아 있음이 싫어지는
영화는 보는 것도 만드는 것도 좋아하지 않지만, 그렇다고 '기
운이 납니다요'라고 자신 있게 타인에게 권할 만한 영화는 내
작품 중엔 없다. 아무래도 내가 영화에 바라는 것은 '기운을

낸다' 같은 정신 상태는 아닌 모양이다.

운동선수가 '우리의 경기를 보고 기운을 냈으면 좋겠다'고 생각한다면 이는 물론 선의일 것이다. 그러나 스포츠나 영화에 대해, 겉으로 드러내지는 않지만 '결국 오락에 불과하다'고 생각하기 때문에, 비상시에는 '자숙'이라는 사고방식이 튀어나오는 게 틀림없다. 그래서 자신이 뛰는 이유에 대해, 직업이니까 혹은 즐거우니까 같은 것 외의 다른 이유를 생각해놓지 않으면 안 되는 게 현실이다. 이는 행복한 일이 아니다. 그것을 오락이라 부르건 문화라고 부르건 상관없다. 그러나 의식주보다 하위인, 그저 소비되는 것으로 보는가(이런 경우라 해야 손에 넣을 수 있는 자유도 있다), 아니면 유럽에서 축구가 그렇듯 사회와 시민들이 우리의(사회의) 공유재로서 시간을 두고 성숙시켜가야 한다고 파악하는가에는 큰 차이가 있다. 후자 같은 인식이 선수와 관객 사이에서 공유돼 있으면, 퍼포먼스에 스포츠 이외의 '목적'은 없어진다.

영화도 스포츠처럼 눈에 보이는 형태로 도움이 되지는 않는다. 책으로 친다면 실용서는 아니다. 보고 기운이 나지 않을 수도 있다. 그러나 가치는 있다. 그렇기 때문에 더욱 가치 있는 거라고 생각해도 좋다. 〈진짜로 일어날지도 몰라 기적〉에서 오다기리 조가 연기한 아버지는 아들에게 이렇게 말한다.

"세상에는 쓸데없는 것도 필요한 거야. 모두 의미 있는 것만 있다고 쳐봐. 숨막혀서 못 살아."

하지만 이는 아내에게 이혼을 요구당한 남자의 자기변호. 뻔뻔할 뿐이라고 생각할지도 모르겠다…… 그래도 다자이 오사무는 옹호해주지 않을까. 영화도, 이 아버지도.

최
고
의

연
인

   조금 이른지 모르겠지만, 아이스크림이 맛있는 계절이 왔습
니다. 술을 마시지 않기에 목욕할 때 맥주가 아니라 아이스크
림을 즐기는데, 아이스크림이라고 통칭해도 종류는 다양합니
다. 신작이 나올 때마다 하겐다즈를 사먹곤 했는데, 건강검진
에서 나쁜 콜레스테롤 수치가 높다고 지적받으며 "꼭 드셔야
한다면 가리가리군(일본 아이스바 이름─옮긴이) 정도만 드세
요"라는 이야기를 들은 게 2년 전 여름. 그후로 밤에는 오로
지 가리가리군 소다맛만 먹습니다. (물론 안 먹는 것이 최고라

는 것은 압니다만.) 이 쇼와 시대의 기억을 깨우는 막과자의 느낌을 참을 수 없습니다.

어린 시절. 아직 집에 냉장고가 없던 때의 일. "아이스크림 먹고 싶네"라는 말이 나오면 어머니에게 50엔을 받아들고 집에서 2분 거리에 위치한 잡화점으로 달려가, 하나에 10엔 하던 컵 아이스크림을 다섯 개 샀습니다. 벌써 40년도 더 된 일이라 컵 색깔이 파란색이었는지 노란색이었는지, 모리나가 표였는지 유키지루시 표였는지는 확실하지 않습니다. 하지만 손에 쥐었던 10엔짜리 동전의 감촉과, 잡화점 밖에 놓여 있던 아이스크림 냉동고를 열 때의 냉기는 지금도 생생합니다.

초등학교 고학년 때 유행했던 것은 바로 쭈쭈바였습니다. 야구 시합을 마치고 돌아오는 길, 자전거에 탄 채로 먹을 수 있다는 것이 인기 포인트였습니다. 담배를 입에 물고 오토바이에 올라타 바람을 맞으며 달리는 어른 같다고 느꼈던 듯도 합니다. 중학생 때는 집 냉장고에 칼피스를 얼려서 먹는 데 빠져 있었습니다. 쭈쭈바는 막 녹으려 할 때가 달고 맛있는데, 이 손수 만들어 먹는 칼피스 아이스크림은 막 굳어지려 할 때가 맛있습니다. 컵 주변 쪽이 굳고, 중앙은 약간 진눈깨비 상태일 때가 최적의 타이밍. 그 적당한 시기를 확인하려고 몇 번씩이나 냉장고를 열다가 엄마한테 자주 혼났습니다.

최근에는 젤라토 등 멋을 낸 아이스크림도 일반화되어 그것
도 나름대로 즐겨 먹습니다만, 역시 어린 시절의 그야말로 저
렴한 맛과 색으로 기억되는 가리가리군이 내게는 계속해서 최
고의 연인으로 남을지도 모릅니다.

여기서 보이는 풍경이 좋았습니다.

코
스
모
스

　베란다의 화분에서 코스모스 싹이 났습니다. 처음에는 줄기가 비실비실 힘없이 태양을 갈구하며 몸부림쳤지만, 일주일이 지난 지금은 강풍에 몸을 심하게 흔들면서도 곧게 위로 키를 키워가고 있습니다.

　어린 시절, 현관 앞의 자그마한 정원에서 꽃을 길렀습니다. 봄에는 나팔꽃. 힘차게 뻗은 덩굴이 지붕까지 닿아, 잎과 꽃으로 집이 전부 뒤덮일 것 같았습니다. 조금 어두워진 현관에 앉아, 덩굴이 만든 녹색 커튼 뒤에서 밖을 지나는 행인들을 보는 게 꽤 좋았습니다.

"집이 엉망진창인 게 감춰져서 딱 좋네."

엄마는 그렇게 말하며 자조하듯 웃었습니다만.

가을에는 코스모스. 분홍색과 빨간색 꽃이 그 꽃망울을 맺을 때쯤에는 자벌레가 많이 생겨서 그 벌레를 하나씩 젓가락으로 집어내서 버리는 게 내 역할이었습니다. 아홉 살 때 이사하면서, 채집해뒀던 코스모스 씨를 슬며시 마당에 뿌렸습니다.

이번에 〈진짜로 일어날지도 몰라 기적〉의 촬영차 찾은 구마모토의 한 주택지에서 코스모스가 모여 자라는 것을 우연히 보게 됐습니다. 가옥은 이미 사라졌지만 깨진 담으로 둘러싸인 정원의 한편에서 내 어린 시절을 떠올리며, 아마 여기에 살던 가족 중 누군가가 이사할 때 뿌렸겠네, 라고 확신했습니다. 이곳에 살던 가족의 지금까지와, 이사한 곳에서 전과는 다른 형태로 이어질지도 모르는 지금 이후. 현재 진행형인 지금 이외의 그 시간에 대해 주인공 소년이 상상의 나래를 펼치는 그런 장면을 만들고 싶다고 생각하며 촬영했습니다.

휴식 시간을 이용해 아이들과 어울려 코스모스 씨를 받아, 갖고 있던 프리스크 사탕 케이스에 넣어 도쿄로 가져왔습니다. 소년 시절 우리집엔 없었던 하얀색 꽃의 씨도 섞여 있었으니, 어쩌면 올가을에는 세 가지 색의 꽃을 즐길 수 있을지도 모릅니다. 자벌레는…… 설마 아파트 6층까지는 오지 않겠지요.

연
속
극

고백하건대 연속극을 좋아합니다. 분기당 꼭 한 작품씩은 정해놓고 처음부터 끝까지 보는데, 이번 분기의 작품은 〈마루모의 규칙〉입니다. 때때로 각본이 엉성하게 전개된다든가(실례), 음악이 과하다든가 하는 불만도 없지는 않습니다만, 무엇보다 아베 사다오 씨의 훌륭한 연기 리듬과 두 아역 배우의 매력 덕분에 매회 즐겁게 봤습니다. (단, 스페셜 드라마로 결론을 미루지 않았으면 했습니다만…… 연속극은 연속극 그 자체로 완결됐으면 싶네요.)

처음 연속극에 빠진 건 중학생이 되었을 때입니다. 〈상처투성이 천사〉〈우리들의 여행〉〈어머님께〉 등 드라마사에 남을 명작들이 연달아 방송된 것이 계기였습니다. 그전에도 부모님과 함께 〈오오카 에치젠〉이나 〈미토고몬〉, 매주 일요일 아홉시에 방송됐던 도시바 일요극장 등은 봤습니다. 그러나 〈상처투성이 천사〉 등은 부모님과 상관없는 '우리의' 드라마였습니다. 집에 TV가 아직 한 대밖에 없었고, 비디오데크의 보급도 훨씬 나중의 일. 연속극을 보려면 반드시 그 시간에, 집에 돌아와 TV 앞에 앉아야 했습니다. 당시 연속극이라는 시스템은 그야말로 우리의 생활 습관을 좌우하는 존재였습니다. 지금은 사라진 그 부자유 또한 연속극의 매력이었다고 생각됩니다.

대학에 입학했을 무렵, '구라모토 소우 컬렉션'이라는, 전 30권인 각본 전집의 간행이 시작됐습니다. 그걸 계기로 야마다 다이치나 무코다 구니코의 각본도 접하면서 장래 목표를 소설가에서 극작가로 바꿨습니다. 일상의 디테일을 주의깊게 살피는 그들의 눈에서 많은 것을 배웠습니다. 외국에서 제 영화의 상영회가 있을 때마다 사람들은 오즈 야스지로와 나루세 미키오 등 거장의 이름을 거론하며 그들에게서 어떤 영향을 받았는지 질문합니다. 이는 물론 영광스러운 일이지만, 정작 저는 그 두 사람에 앞서 맨 먼저 무코다 구니코의 이름을 들게 됩니다. 영화감독이라 불리는 것보단 TV 프로듀서 쪽이 잘 어울린다고 느끼는 것도 이런 데 원인이 있는지 모릅니다. TV에 관계하는 한 사람으로서 언젠가 연속극에 도전해보겠다는 꿈을 은밀히 품고 있습니다. 은밀히, 입니다만.

점이나 혈액형에 관한 이야기는 싫어한다. 별자리와 전생, 사후세계도 전혀 믿지 않는다. 그런 사고방식은 당장 눈앞에 있는 어찌하기 힘든 현실, 인간관계, 그리고 나 자신을 외면하는 역할밖에 하지 않는다고 생각한다. 적어도 TV 방송에서 다룰 얘기는 아니다.

그렇다고 해서 내가 이상한 체험을 한 적이 전혀 없었느냐하면 그렇지는 않다. 대학을 졸업하던 해, 혼자서 아마미오 섬에 여행을 갔다. 친조부모의 고향이기도 해서, 목적지인 야쿠 섬에 가는 길에 들른 것이다. 새벽, 페리로 나세에 도착해 버스를 타고 동쪽으로 달려 가사리초에 있는 국민숙사(국립공원 등에 마련된 저렴한 휴양소─옮긴이)에 머물렀다. 아무것도 없는 도시였다. 저녁에 혼자 해안을 산책하는데 게 한 마리가 눈에 띄었다. 보통 게는 인기척을 느끼면 황급히 도망치거나 몸을 감추는데, 이 게는 한쪽만 커다란 집게발을 휘두르며 내 쪽으로 다가왔다. 무언가에 화가 난 듯했다. 더구나 그 몸은 갓 태어난 것처럼 반쯤 투명했다. 잘 보니 그 수게의 뒤에 게가 한 마리 더 보였다. 물결치는 가장자리에 힘없이 누워 있는 상태로 보아 이미 죽은 듯했다. 수게는 그 시체를 나로부터 필사적으로 지키려는 것이었다. 나는 그의 분노와 슬픔에 크게 충격을 받고 그 자리를 떠났다.

이야기는 이걸로 끝나지 않는다. 국민숙사에서 하룻밤을 자고 다음날 아침, 신경이 쓰여 다시 한번 그 해안을 찾았다. 거기서 내가 발견한 것은 겹치듯 서로 기댄 채 죽은 두 마리의 게였다. 게라는 생명체에게 부부관계가 있다거나 죽음의 개념이 있다는 말을 들은 적이 없고, 애초에 게가 감정을 가졌는지 어떤지도 모른다. 그러나 그때 게의 모습에서 틀림없이 그 '있을 리가 없는 것'을 느꼈다.

그런 일을 겪은 후 게를 먹을 수 없게 됐다고 쓰면 좋은 마무리겠지만, 그 이전에도 이후에도 게는 매우 좋아하는 음식이다. 양해해주시길.

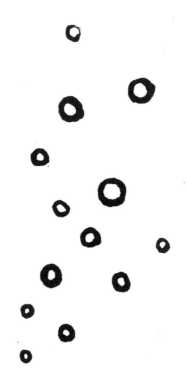

상
중
의

엽
서

　　2001년 1월 1일. 오전 네시. 『축복받은 집』을 다 읽었다. 젖먹이를 잃은 부부가 망가져가는 이야기. 사람의 악의를 날카롭게 묘사한 수작. 어젯밤, 어머니가 사는 기요세로 돌아왔다. 지난해 7월 아버지가 80세를 일기로 돌아가시고, 둘이서 보내는 첫 정월이다. 상중이라 마쓰카자리(정초에 행운을 빌며 대문에 장식하는 소나무─옮긴이)도 없다. 친척 아이들이 기대하던 세뱃돈은 용돈 명목으로 연말에 이미 줬다. 상중엽서(상중이라 연하장을 받지 않음을 알리는 엽서─옮긴이)도 크리스마스 전에 다

아버지와 백화점(아마도 이케부쿠로) 옥상에서. 세 살 무렵.

도착했을 것이다. 깊은 밤, 혼자 고타쓰(일본의 실내 난방 기구
—옮긴이)에서 몸을 덥히며 올해의 계획을 세운다. 새벽, 야마
시타 고사쿠 감독의 〈세키의 야탓페〉를 비디오로 본다. 사라
진 지 오래인 일본인의 의리와 인정의 아름다움.

오전에 일어난다. 정월의 첫 참배는 가지 않는다. "새해 복
많이" 같은 인사도 없다. 조용히, 좀 너무 조용히 보내는 1년의
시작. TV에서는 하코네 역전 경주를 중계하고 있다. 아버지가
좋아해 매년 보던 기억을 떠올린다. '초밥 정도는 괜찮을까' 싶
어 니기리스시 2인분을 주문한다. 실수로 보내온 연하장이 있
지 않을까 우편함을 확인하러 간 어머니가 한 통의 엽서를 갖
고 돌아온다.

아버지에게 온 엽서였다.

타임캡슐 편지. 쇼와 60년(1985) 과학 엑스포에서 기획된 것
으로 '20세기의 내가 21세기의 당신에게'라고 적힌 투명한 봉
투에 담겨 있었다. 내 이름, 그리고 그 옆에 쓰인 "건강 조심하
시고 평화로운 가정을 만들어주세요"라는 한마디. 그리고 85.
9.16이라는 날짜. 순간 이 엽서가 시간을 초월해 도착했나, 공
간을 넘어왔나, SF 같은 착각에 빠진다. 조용하던 정월이 내
안에서 작게 일렁인다. 상중에 도착한 한 통의 엽서는 15년
전, 그리고 15년 후를 생각하게 했다. 2016년. 나는 53세.

초밥은 맛있었다. 밤, 『로스트 인 아메리카』를 읽기 시작한다. 나와 같은 세대인 감독들의 대담집. 미국 영화가 잃고 있는 것에 대한 이야기. 매우 재미있다. 포기할 것인가, 비판할 것인가, 평가할 것인가……

상중인 건, 아무래도 나 혼자만은 아닌 것 같다.

파
도

소
리

'지가사키관'이라는 낡은 여관에 묵고 왔습니다. 1899년에 창
업한 이 여관은 쇼난 해안에서 걸어서 10분 거리에, 홀로 시간
이 멈춘 것 같은 분위기로 서 있습니다. 그 옛날, 영화감독 오
즈 야스지로가 극본가 노다 고고 등과 장기 체류하면서 〈초여
름〉과 〈만춘〉 그리고 〈동경이야기〉의 각본을 집필한 곳인데, 일
부 영화팬에게는 성지 같은 장소입니다.

내가 감독이 되던 무렵은, 이미 여관에서 간즈메(외부와의
연락을 단절하고 틀어박혀 각본을 쓰는 것. 원래는 통조림이란

뜻—옮긴이) 등의 사치스러운 각본 쓰기가 허락되는 상황이 아니었습니다. 게다가 나 자신도 그렇게 곰팡내나는(실례) 시간이 필요하다고 생각하지 않았습니다. 그래서 〈걸어도 걸어도〉를 준비하다가 문득 마음먹고 일주일간 이곳에 머문 것도 솔직히 반쯤은 장난이었습니다. 복도는 낡아서 걷기만 해도 삐걱삐걱 소리를 내고, 방의 전깃불은 어둡고, 냉방 설비도 충분하지 않아 쾌적함과는 거리가 먼 환경. 그러나 이틀, 사흘 머물면서 뜻밖에 일에 집중할 수 있다는 사실을 깨달았습니다. 아침엔 천장 높은 목욕탕에서 목욕을 하고 해변을 산책하고, 오후엔 방에 틀어박혀 오직 원고지와 마주합니다. 5월이었으니 아직 바다를 즐기는 투숙객도 없고 대부분 장기 투숙인 상태. 무엇보다 밤이면 어두운 중정의 저편에서, 낮에는 들리지 않던 파도 소리가 울려옵니다. 이 소리를 오즈 씨도 들었을까 생각하니 역시 기분이 벅차올랐습니다. 그 반복되는 리듬에 몸을 맡기면, 자신의 의식과 신경이 예리하게 벼려짐을 알 수 있습니다. 〈걸어도 걸어도〉는 그런 시간을 거쳐 완성됐습니다. 그 영화 속 어딘가에 이때 머물렀던 기억이 새겨져 있는 듯합니다.

네번째 체류인 이번에는 안타깝게도 도쿄에서 할 일이 있었던 터라 2박만 했는데, 지난 방문 때 먼저 차지한 손님이 있어

거절당했던 2번 방, 그러니까 오즈 씨가 쓰던 방에 머물 수 있었던 게 무엇보다도 큰 수확이었습니다.

하지만, 깊은 밤 해안 국도를 달리는 폭주족의 오토바이 소리가 파도 소리를 깨끗이 지우며 울려퍼졌습니다. 이틀 모두. 뭐, 이건 이것대로 그리운 소리였습니다만, 만약 제 차기작에 폭주족이 등장하면 '아, 그 지가사키관에서 들은 소리구나……' 그렇게 생각해주세요.

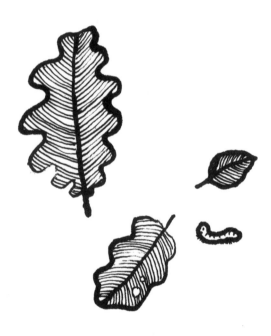

## 3 장

멀고도 가까운

처음 영화관에서 본 영화는 디즈니의 〈플러버〉였다. 영화
관의 이름까지는 기억나지 않지만, 이케부쿠로 역 동쪽 출구
에 있었을 것이다. 동네에는 아직 노면전차가 달리고 있었다.
이 영화는 최근 로빈 윌리엄스 주연으로 리메이크됐는데, 괴
짜 발명가가 플러버라는 고무 비슷한 물질을 개발하면서 벌어
지는 좌충우돌 코미디다. 신발에 이 플러버를 붙인 농구 선수
가 경이로울 정도로 높이 점프해 몸이 통째로 골대로 날아들
어가는 장면에서 큰 환호성이 터졌다. 그 캄캄한 영화관의 열

기까지 포함해, 이것이 나의 영화 원체험이다. 〈플러버〉의 제작 연도는 1961년. 일본에서 언제 개봉했는지는 잘 모르겠지만 〈피노키오〉와 동시상영했던 기억이 있으니 재개봉이었는지도 모른다. 어쨌든 초등학교 저학년 때의 일로 기억한다.

어머니는 영화를 좋아하는 사람이었다. 종전 직후, 은행원이었던 어머니는 오빠에게 이끌려 퇴근길에 유라쿠초에서 자주 영화를 본 것 같다. 결혼 후 생활에 쫓겨 영화관에 갈 시간이 없어지면서 오로지 TV로만 감상했다. NHK에서 자막 버전으로 방송한 미국의 흑백영화를 특히 좋아해, 잉그리드 버그먼이나 조앤 폰테인, 비비언 리 같은 이름을 어머니 덕분에 알았다. 같이 보고 있으면 어머니가 곧 "이 사람이 죽는다"든지 "범인은 저 사람"이라고 앞질러 알려줘서 그때마다 질색했지만, 어머니는 개구쟁이처럼 웃을 뿐 그만두지 않았다. 지금 돌아보면 어머니에 대한 그리운 추억 중 하나다.

당시 TV에서 본 영화 중 가장 인상에 남은 것은 히치콕의 〈새〉다. 어느 날 갑자기 새가 사람들을 공격한다는 동물 재난 영화인데, 끝까지 봐도 왜 새가 사람을 덮치는지 전혀 알 수 없었다. 나중에서야 그것이 공포감을 배가한다는 사실을 알았다. 다음날, 등굣길에 만난 새들이 전날과는 전혀 다르게 보였다. 한 편의 영화가 일상에서 마주치는 풍경의 의미를 바꿀 수도 있다. 그런 영화의 힘을 체험한 것도 이때가 처음이었다.

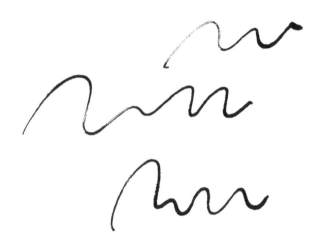

앗짱(왼쪽)과 함께.

괴
수

어린 시절부터 TV를 정말 좋아했다. 가장 마음에 든 것은 〈울트라맨〉 시리즈. 유치원 미술 시간에도 계속 울트라맨만 그렸다. 소프트비닐로 만든 괴수 인형을 사달라고 어머니를 졸라 동네 아이들과 울트라맨 놀이를 하며 놀았던 즐거운 기억이 지금도 선명하게 남아 있다.

〈울트라맨〉 시리즈의 연출가였던 짓소지 아키오는 퇴치당하는 괴수가 사실 고도 경제성장으로 사라지는 대자연을 상징한다고 말했다. 확실히 이제 와 돌이켜보면 울트라맨은 결코 단순한 영웅이 아니었다. 하지만 아직 어렸던 나는 그런 것들은 전혀 몰랐다. 울트라맨의 정의로움에 대해서는 아무런 의문도 품지 않았다.

다른 생각을 하게 한 것은 1971년에 방송된 〈돌아온 울트라맨〉의 '괴수 술사와 소년' 편을 보고서였다. 지금은 워낙 유명해진 이 회의 줄거리는 이렇다.

가와사키 인근일까, 강변의 폐가에서 한 노인(가네야마 씨)과 사는 고아 소년은 동네 사람들에게 우주인이라고 따돌림과 차별을 당한다. 사실 진짜 우주인은 노인으로, 소년은 강의 모래밭에 파묻힌 그의 우주선을 파내는 일을 거들고 있었다. 강렬했던 장면은 이 소년이 먹으려던 죽 냄비를 주위의 소년들이 발로 차 엎어버리는 것이다. 진흙투성이가 된 쌀을 주우려 하자 소년들은 "주워먹는 거냐. 이 우주인 새끼"라며 나막신으로 그를 짓밟는다. 결국 노인은 공포를 느낀 마을 사람에게 죽임을 당하고, 그후 노인의 분노가 옮겨붙은 듯한 무루치라는 괴수가 등장한다. 울트라맨은 그 무루치를 쓰러뜨리려 하지 않는다. 내 안에서 울트라맨의 '정의'가 크게 흔들렸던 순간이다.

이 이야기에 어떤 사회문제를 겹쳐서 볼 수 있을까. 각본을 쓴 우에하라 쇼조가 본토로 복귀되기 전의 오키나와 출신이었음을 감안하면, 결국 일본인인 우리가 외면하고 있는 스스로의 '가해성'을 테마로 다뤘다는 것은 의심할 여지가 없다. 어린이 프로그램에서 말이다.

아홉 살의 가을. 이때 분명 어른으로 가는 계단을 한 층 밟아올라간 것이다.

# 뒷
# 맛

대학을 졸업하는 해에 처음 규슈에 갔으니 이제 24년이 됐다. 전차로 하카타에서 야나가와까지. 구마모토에 들른 후 가고시마로. 그후 페리로 아마미오 섬과 야쿠 섬으로 가는 긴 경로의 여행이었다. 하지만 진짜 목적지는 단 하나, 가고시마였다. 입사 시험을 본 어느 출판사의 합격자 발표 자리에서 만난 여자에게 첫눈에 반해, 만나러 간 것이다(젊었구나).

하지만, 일부러 만나러 간 티를 내기는 싫어서 '여행중에 들렀다'는 분위기를 연출하기 위해, 그후 섬으로 향하는 계획을 세운 것이다(얼마나 빈틈없는가). 가고시마에 머무는 동안 그녀가 운전하는 차에 동승해(한심하다), 이소 공원이나 사쿠라지마 등 시내 관광을 하며 돌아다녔다.

그때 본 사쿠라지마의 인상은 강렬했다. 그렇게나 동네 가까이에 있으리라고는 생각지 않았기 때문이다. 화산이 역 앞 빌딩 너머에 바로 얼굴을 내밀고 있었다. 그것이 하루에도 몇 번이나 연기를 내뿜는 일상. 게다가, 모두 평온했다. 그때 솔직히 '인간이 대단하긴 하네……'라고 느꼈다.

이 여행에서 선물로 산 게 가고시마의 명물인 '가루칸'이었다. 산마와 설탕, 쌀가루만으로 만든, 카스텔라 같기도 하고 찐빵 같기도 한 소박한 과자였다. 단 건지 달지 않은 건지, 뒷맛이 분명치 않다. 스무 살 언저리의 애송이에게는 부족한 맛이었지만, 지금은 가고시마를 찾으면 꼭 사올 정도로 팬이 되었다. 영화〈진짜로 일어날지도 몰라 기적〉에서는 주인공 소년이 사는 엄마 집을 화과자 가게로, 할아버지(하시즈메 이사오 씨)를 은퇴한 가루칸 장인으로 설정했다. 오사카에서 막 이사 온 초등학교 6학년생인 주인공(마에다 고키 군)에게는, 내가 처음에 느꼈던 사쿠라지마와 가루칸에 대한 위화감을 충분히 주입했다. 내 사랑은 결국 결실을 맺지 못했지만, 이렇게 25년이라는 세월이 흘러 그때의 체험이 영화로 결실을 맺었으니 뒷

맛이 쓴 그 여행도 헛되지만은 않았다 싶다(그렇게 생각하고 싶다).

태
풍
의

소
리

　지진에 대한 어린 시절의 기억이 하나 있다. 그러나 이는 지진 자체가 아니라 같이 살던 할아버지에 대한 기억이다. 항상 현관 근처 다다미 위에서 책상다리를 한 채 멍하니 앉아 있던 할아버지는, 지진이 일어나면 매우 당황하며 밖으로 뛰어나갔다. 내 기억에는, 나막신을 신은 할아버지가 "아버님, 이제 괜찮아요"라는 어머니의 말을 듣고도 겁먹은 표정으로 돌아오던 어느 밤의 한 장면이 남아 있다. 어머니는 할아버지 앞에서는 상냥하게 잘 타이르듯이 말했지만 할아버지가 없는 곳에서는 싸늘했다.

"하여간…… 대장부가 아녀자만 남기고 혼자 도망쳐서
는……"

지진에 비해 태풍에 관한 기억은 선명하다. 우리집은 낡고
기울어진 두 동짜리 목조 연립주택이었던 터라 매년 태풍 때
가 되면 온 가족이 난리가 났다. 지붕이 바람에 날아가지 않
도록 밧줄로 묶거나, 창 전체를 함석판으로 둘러막기도 했다.
그것은 평소엔 집에서 별로 존재감을 드러내지 않던 아버지의
역할이었다. 좀 전까지만 해도 빨래건조대 너머 펼쳐진 옥수
수밭이 훤히 보이던 창문이 함석판으로 가로막히면서 6조 다
다미 방은 갑자기 어두워진다. 밖에서 못을 치는 쇠망치 소리
가 울린다. 이것이 나에게는 태풍의 소리다. 바람이 거세지면
지붕에서 떨어지는 빗물을 받기 위해 세숫대야가 방안에 늘어
선다. 여섯 가족은 언제든지 근처 유치원의 교회로 도망칠 수
있도록 주변의 물건을 배낭에 채워 방 한가운데에 모인다. 덜
커덕덜커덕하는 천장을 올려다보며 태풍이 지나가길 기다렸
다. 멀고도 가까운 기억이다.

얼마 지나지 않아 할아버지는 돌아가셨고, 우리집은 마침
간에쓰 고속도로 건설 예정지에 포함돼 3DK(방 셋에 거실, 주
방이 있는 집―옮긴이)인 공단주택으로 이사했다. 지금 생각해

보면 결코 넓은 집이 아니었지만, 철근건축이라는 이유만으로 아무도 반대하지 않았다. 그때부터 어머니는 매년 태풍 때면 격렬하게 흔들리는 나무들을 창문으로 바라보며 왠지 기뻐하는 듯했다. 그런 어머니도 아버지도 지금은 없다. 그러나 지금도 태풍이 오면 나는 그 쇠망치 소리를 떠올리며 조금은 두근두근한다.

원
풍
경

    아홉 살 때 3DK인 공단주택으로 이사하기 전에 살던 집에
는 다다미 6조인 방과 3조인 방, 이렇게 두 칸밖에 없었다. 거
기에서 친할아버지와 부모님, 두 누나와 나, 여섯 명이 살았기
때문에 상당히 혼잡했다. 물론 '프라이버시' 같은 말까지는 몰
랐지만, 나만의 공간을 원했던 것 같다. 학교에서 돌아와, 저
녁밥을 먹은 뒤의 시간을 벽장에 들어가 보냈다. 대만 영화감
독인 에드워드 양의 걸작 〈고령가 소년 살인사건〉에서 주인공
소년은 훔친 손전등을 들고 벽장에 들어가 '고독한' 시간을 보

낸다. 그 장면을 봤을 때 '그렇구나…… 손전등이란 게 있구나' 하며 나의 경험을 떠올렸다. 그런 것을 생각지 못한 당시의 나는, 어두운 벽장 다음으로, 방구석에 시트를 매달아 벽을 만드는 방법을 택했다. 이 편이 더 밝아서 책을 읽을 수 있었기 때문이다.

왠지 어렸을 때부터 책을 좋아했다. 내가 훌륭한 사람이 되기를 무척 바랐는지, 어머니는 노구치 히데요나 에디슨, 도요다 사키치 등의 위인전을 자주 사주었다. 재미는 없었지만 활자에 굶주려 있었으므로 그것도 모두 읽었다. 그 무렵에는 『닥터 두리틀』 시리즈와 『시튼 동물기』 같은 모험담에 가장 열중했지만 말이다. 내 인생에서 가장 '사내아이'답던 시절이다.

책을 읽는 장소로서 제일 맘에 들었던 곳은, 겨울 동안에만 가능한 것이었지만, 눈으로 만든 집인 '가마쿠라'였다. 요즘 도쿄에서는 눈이 내리면 금세 흔적도 없이 사라져버리지만, 그때만 해도 공터에 쌓인 눈으로 꽤 큰 가마쿠라를 만들 수 있었다. 크다고는 해도 고작 아이 한 명 들어가는 정도였지만, 그렇기 때문에 완전한 고독을 손에 넣을 수 있었다. 도쿄에서 태어나 자란 내게 원풍경으로 불릴 만한 것이 있다면, 태풍이 지나간 뒤 쓰러진 옥수수밭, 가마쿠라와 그 안의 정적, 그리고 이사 후 오랫동안 함께하게 된 무기질의 주택단지, 세 가지다.

고
향

영화제 등으로 일주일 정도 해외에 나갔다가 나리타 공항에 돌아온다. 시부야행 리무진 버스를 타고 고속도로 너머로 도쿄 타워의 불빛이 보이면 '돌아왔구나……' 하고 안도한다. 사람이 꼭 자연의 풍경으로만 치유되는 것은 아님을, 약간의 쓸쓸함과 함께 실감하는 순간이다.

아홉 살 때 입주한 공단주택에서 20년 가까이 살았다. 이사하고 처음에는 나팔꽃이나 코스모스를 키우던 정원이 베란다의 화분으로 줄어들어 적잖이 낙담했지만, 나만의 방이 생기기도 해서 곧 그곳 생활에 익숙해졌다. 우리가 이사한 단지는 도쿄라기보다는 사이타마에 가까운, 쇼와 42년(1967)에 건설된 2000호가 넘는 매머드 급의 주택단지였다. 단지 주변에는 농가도 있고, 집을 지어서 파는 '세이부 주택'이라는 곳도 있었지만, 학교의 동급생들은 대부분 같은 단지의 주민이었다. 밖에서 보면 똑같을지도 모르지만, 단지 안에도 차이는 있었다. 같은 임대주택 중에서도 넓이는 2DK와 3DK 두 종류였고, 길을 사이에 두고 한쪽 구역만 잔디 손질이 잘돼 있었는데, 그곳에 사는 아이는 '분양주택 녀석'으로 불렸다. 이 말의 의미는 어느 정도 시간이 지나서야 알게 됐는데, 그 소수의 아이들을 두고 초등학교 3학년생들끼리는 "저놈들은 잔디에서도 못 놀고 불쌍하네"라고 이야기하기도 했다. 웃을 수도, 웃지 않을 수도 없는 기억이다.

단독주택에서 태어나 자란 엄마로서는 정말이지 집합주택이라는 게 편치 않았는지, 계속해서 '임시 거처'라고 느꼈던 것 같다. 안타까운 이야기지만, 아버지도 어머니도 이 단지가 마지막 거처였다. 나도 단지를 떠난 지 20년이 지났고, 귀향할 장소를 잃은 지도 벌써 5년째다. 고향이라고 부를 만한 장소가 이 세상에 존재하지 않는다는 쓸쓸함. 내 아이에게 지금 사는 아파트가 훗날 '고향'으로 불리는 장소가 될 수 있을까 하는 불안.

언젠가 그런 감정도 영화에서 그려보고 싶다.

자
전
거

단지에서 살 때의 이야기 한 가지 더. 내가 살았던 기요세 단지 주변은, 손대지 않았다고는 말하기 어렵지만 자연이 많이 보존되어 있어서, 아무렇게나 방치된 숲에 들어서면 사슴벌레와 때론 투구벌레도 잡을 수 있었다. 40년 전이라지만 도쿄에서는 하기 힘든 체험이었을 것이다. 가능한 한 깊숙이 숲에 들어가 큰 나무를 찾는다. 줄기를 발로 차는 것은 덩치가 컸던 오사와 군의 역할이고, 우리는 그가 발길질을 한 후 풀위에 후드득 쏟아지는 벌레를 주워모았다. 잡은 벌레들은 대개 두 마리씩 싸움을 붙여 죽였는데, 나는 아무래도 그 시간을 좋아할 수 없었기에 숲에서 나온 후엔 무리에서 떨어져 혼자 집으로 돌아왔다. 친구들이 나를 '겁쟁이'로 여긴다는 건 알았지만, 생리적인 혐오감은 어쩔 수 없었다.

5학년 때 사이클링 자전거라는 것을 샀다. 핸들이 아래쪽으로 휘어져 있고, 뒤 짐칸의 좌우에 검은 가방이 붙어 있는 녀석이었다. 이것을 손에 넣으면서 우리의 행동반경은 매우 넓어져 5번지의 숲까지 탐험의 걸음을 내디딜 수 있게 됐다. 5번지 숲은 우리가 다니던 2번지 숲보다 훨씬 크고, 낯선 남자가 살고 있다는 소문도 있었다. 어느 날, 방과후 우리는 그 남자를 찾기 위해 자전거를 타고 숲으로 향했다. 비상식량으로 슈퍼에서 10엔짜리 라이스 초콜릿을 샀다. 숲은 어두웠다. 등뒤로 단지의 흰 건물이 보이지 않게 되자 갑자기 불안해졌다. 게다가 몇 분이나 걸었을까, 공터 같은 곳에서 백골만 남은 소 한 마리를 발견했다. 다들 아무 말도 못하고 뒤돌아 달렸다. 어떻게 집까지 돌아갔는지는 기억나지 않는다. 아마 근처 농가에서 기르던 소가 병으로 죽은 것이었겠지. 그러나 우리는 틀림없이 숲에 사는 남자가 죽여서 먹은 거라고 확신했다. 결국 남자를 한 번도 만나지 못하고 우리는 중학생이 됐다.

몇 년 전 차로 그곳 근처를 지나가다 보니, 숲은 운동기구가 설치된 자연공원이 되어 있었다. 그런 상태로나마 '모험'을 즐길 수는 있겠지만, '소를 먹는 남자는 이제 상상 속에서조차 존재할 수 없겠네' 하고 생각하니 조금 쓸쓸해졌다.

딸
기

어린 시절의 생일에 대해서는 기억이 별로 선명하게 남아 있지 않다. 책이 갖고 싶다고 말하면 어머니는 다소 무리를 해서라도 사줬지만, 생일이나 크리스마스 같은 특별한 날에 선물을 주고받는 풍습은 고레에다 집안에는 없었다. 그러니까 산타클로스의 존재를 믿은 적도 없고, 그런 화제가 식탁에 오른 적도 없다. 늦둥이였고, 양친 모두 다이쇼 시대 출생이었다는 점도 영향을 주었는지 모른다.

그러나 어머니의 생신이 12월 24일이기도 해서 생생히 기억나는 일이 있다. 내가 초등학생이었을 때, 어머니는 집 근처 후지야 케이크 공장에서 파트타임으로 일했었다. 일이 끝나면 크림이 삐져나온 슈크림빵이나 모양이 망가진 초코케이크를 갖고 돌아왔는데 간식으로 먹기엔 부족함이 없었다. 그러나 가장 좋아했던 쇼트케이크는 잘 망가지지 않아서인지 인기가 높아서인지 좀처럼 먹어볼 수가 없었다. 그래서 어머니 생신 때만 먹을 수 있는 망가지지 않은 딸기 쇼트케이크가 더욱 특별했던 것이다.

딸기라면, 유치원 때 가장 사이가 좋았던 이발소의 앗짱네 놀러가, 처음으로 연유를 넣은 우유에 담가서 먹었던 기억이 있다. '아, 이렇게 하는구나' 하고 배우면서 숟가락으로 그 딸기를 짓이겨 모두 먹어치우고서, 남은 분홍빛 우유를 마셨다. 충격적인 맛이었다. 잠자코 있을 수 없었다. 집에 돌아와 재빨리 엄마에게 보고했지만, 앗짱의 엄마와 사이가 나빴던 우리 엄마는 받아들이려 하지 않았다. "딸기는 딸기의 단맛만으로 그 상태 그대로 먹는 게 가장 맛있는 거야" 하면서 말이다.

그러나 곧 고레에다 집안의 찬장에도 바닥이 평평한 숟가락이 준비되었다. 어째서인지 연유가 아닌 설탕을 우유에 섞어

과자를 받을 목적으로 마쓰리 가마를 끌었다.
앗짱(오른쪽)과 함께.

먹는 방법으로 정착됐지만, 나에게는 어떤 케이크보다도 그 딸기우유가 줄곧 최고의 간식이었다.

개인적인 일이지만, 오늘 6월 6일은 내 마흔아홉번째 생일이다. 집에 돌아가 오랜만에 그 분홍빛 우유라도 만들어볼까나.

그
리
움

대만의 타이베이라는 곳에 와 있다. 처음 이곳을 찾은 것은
1993년, 허우 샤오시엔 감독의 영화 〈희몽인생〉의 일본 개봉
에 맞춰 기획된 TV 프로 취재차였다. 이후 내 영화가 개봉할
때나 영화제 등으로 아마 열 번은 찾은 듯한 친근한 거리다.
　친밀감에는 다른 이유도 있다. 나의 아버지는 타이베이보다
훨씬 남쪽에 위치한 가오슝이라는 도시에서 자랐다. 이를 말
하면 어린 시절에는 "대만인이야?"라는 말을 자주 들었지만,
전쟁 전 대만이 일본의 식민지였던 시절 할아버지가 고향인

아마미오 섬에서 대만으로 건너가, 거기서 아버지를 낳은 것이다. 아버지는 술에 취하면 자주 이 '고향'에 관해 이야기했다. 학창 시절에 축구나 테니스를 한 이야기. 바나나가 무척 맛있었다는 이야기. 꽤 자주 이야기했음에도 이 정도밖에 기억나지 않는 것은 나를 비롯해 가족 중 누구도 아버지의 '추억담'을 진지하게 듣지 않았기 때문이다(죄송하다). 여기서 학교를 졸업한 뒤, 아버지는 중국으로 건너가 뤼순에서 취직을 했다. 지금의 관점에서는 '국제적'이지만 당시에는 그런 일이 드물지 않았을 것이다. 그후 징집돼 전쟁에 나갔다가 패전 직후 침공해온 소련군에게 끌려가 시베리아에서 강제노동을 하는 파란만장한 삶을 보냈다. 그런 아버지에게 대만에서의 시절은(식민지인 것과 상관없이) 인생에서 유일하게 즐거웠던 '청춘 시절'이었을 것이다. 〈동년왕사〉와 〈연연풍진〉 같은 허우 샤오시엔 감독의 초기작을 봤을 때 느껴지는 모종의 그리움. 그것은 식민지 시대에 세워진 일본식 가옥과 거기서 그려지는 가족관계가 가까운 과거로의 시간여행 같은 느낌을 주기 때문이라고 생각한다. 그러나 나에게는 '아아…… 이것이 아버지가 말했던 풍경인가' 하는 감회가 더해져, 이중의 그리움과 무언가 떳떳치 못한 기분으로 그의 작품을 접하게 된다.

첫날밤은 잠을 이루지 못하고 아침을 맞았다. 과거에는 출

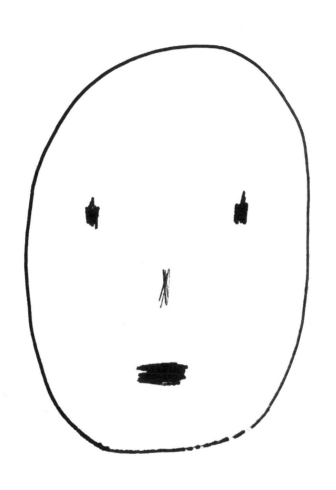

근중인 직장인들이 포장마차에서 아침 죽을 먹는 모습을 자주 봤지만, 요즘에는 많이 줄었다고 한다. 한번 찾아가볼까. 맛있는데.

## 4장

배우 이야기

저
기
,

그
것

좀

줘

　나는 원래 TV 다큐멘터리 방송으로 일을 시작했기 때문에,
극영화를 찍게 되면서 무엇보다도 배우란 존재에 당황했다. 이
런 존재는 다큐멘터리 현장에는 없다(당연한 얘기지만). 제대
로 된 감독 밑에서 수업을 받은 것도 아니라서 애당초 '연출'이
란게 무엇인지도 잘 몰랐다. 지금도 모른다. 모르는 채 15년을
해왔다.
　연출은 연기 지도만을 의미하는 게 아니라, 감독이 열 명
있으면 열 가지가 존재하는 애매한 것이다. 그러나 내 경우 목

표로 하는 한 가지만은 명쾌하다. 영화 속에 그려진 날의 전날에도 다음날에도 그 사람들이 거기서 살고 있는 것처럼 보이게 하겠다는 것이다. 영화관을 나온 사람으로 하여금 영화 줄거리 자체가 아니라, 그들의 내일을 상상하고 싶게 하는 묘사. 그 때문에 연출도 각본도 편집도 존재한다 해도 과언이 아니다.

예를 들면 각본. 아내가 남편에게 "저기 누구누구씨, 가위 좀 줘"라고 말하는 것은 문자로만 읽으면 평범하지만, 실제 방에서 연기해보면 너무 설명적이다. 우선 두 사람밖에 없다면 서로 이름은 부르지 않아도 된다. 눈에 보이는 데 있다면 가위란 단어를 '그것'으로 바꾼다. 손가락 두 개를 가위 모양처럼 만들어 움직이는 것만으로도 괜찮다. 최종 대사로 "저기"만 남아도 좋다. 그럼으로써 이 한 줄의 대사는 리얼한 생활어로 살아나, 결과적으로 공간을 살려낸다.

그런 말과 움직임을 배우와 함께 발견하는 것이 나의 연출이다. 그래서 가능한 한 각본도 직접 쓰고, 촬영 현장에서 가차없이 버리기도 한다. 그것이 가능하다는 게 각본과 연출을 겸하는 것의 큰 이점이다.

어디까지나 이상적인 대상은 다큐멘터리에서 만난 일반인들. '연기하고 싶은' 배우는 욕구불만을 느낄지도 모르지만, 그런 내 연출 방식을 재미있어 하며 거듭 출연해준 배우들도

있다. 다음 글부터는 그런 기특한(!) 배우들과의 시행착오에 대
해서 써볼까 한다.

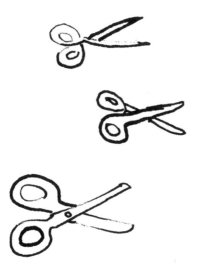

옛날부터 기키 기린 씨의 팬이었다. 시노다 마사히로 감독의
영화 〈하나레 고제 오린〉의 떠돌이 광대나 NHK 드라마 〈하
나헨로〉 등 이런저런 작품이 있지만, 무엇보다도 각본가 무코
다 구니코와 연출가 구제 데루히코의 황금 콤비가 만든 〈시간
됐어요〉와 〈데라우치 간타로 일가〉에서 존재감이 뛰어났다.

함께한 첫 작품은 〈걸어도 걸어도〉. 주연인 아베 히로시 씨
의 어머니 역이었다. 이런 장면이 있다. 오랜만에 귀향한 아들
이 현관 앞에서 "안녕하세요"라고 말하자 어머니는 "다녀왔습

니다라고 해야지" 하며 부엌에서 나온다. 며느리 앞에서는 무릎을 꿇고 앉아 "어서 와요. 더웠죠?"라고 좀 정중하게 인사를 한다. 극히 일상적인 대화의 어긋남을 통해 3인 3색의 '귀향'을 그리고 싶다고 생각했던 장면이다. 아들 부부가 거실 쪽으로 걸어갈 때, 준비해둔 슬리퍼를 신는 걸 잊어버렸다. 그러자 기린 씨는 순간적으로 이 슬리퍼를 들고 허리를 구부린 채세 사람의 뒤를 따라갔다. 이것은 물론 각본에 쓰인 대로는 아니다. 컷을 외치자 촬영감독인 야마자키 씨가 내 쪽을 돌아보며 "최고잖아…… 몸을 굽힌 저 모습"이라고 말했다. 그것은 바로 모두의 기억 속에 있는 어머니의 모습이었다.

〈진짜로 일어날지도 몰라 기적〉에서는 주인공과 가고시마에서 함께 사는 외할머니 역을 부탁했다. 크랭크인 전날. 기린 씨에게 이끌려 초밥을 먹으러 갔다. 자리에 앉자 그답지 않게 각본을 탁자 위에 펼친다. 나는 자세를 좀 바로잡았다.

"감독도 알겠지만…… 어른 장면이 조금 많은 것 같아. 이 이야기, 어른은 배경이니까. 다들 배경을 연기할 수 있는 배우들이니까, 클로즈업 촬영 같은 건 하지 않아도 괜찮아."

이 한마디로 이번 작품의 연출을 어떻게 할지 그 자세가 정해졌다고 해도 과언이 아니다. 자신의 연기뿐만 아니라 영화 전체의 톤이나 밸런스까지 염두에 둔 조언. 애드리브도 결코 그 자리에서 생각난 대로 연기하지 않는다. 그녀의 대단함을 새삼 깨달은 밤이었다.

자
유

〈아무도 모른다〉는 어머니 역 캐스팅이 난항이었다. 오디션으로 선택한 네 명의 아이들은 모두 연기 경험이 없었는데, 여기에 베테랑 여배우를 조합하면 서로 스트레스가 많지 않을까 걱정했기 때문이다. 그러던 어느 날, 무심코 보게 된 심야 버라이어티 방송에 출연한 한 여성에게 눈이 멈췄다. 절묘한 받아침, 건조하고 현대적인 느낌. 하나하나의 대화에서 머리 회전이 빠르다는 걸 알 수 있었다. 나이대도 딱이었다(몇 살인지는 잘 모르겠지만). 이 사람이 유 씨였다. 다음날 곧바로 사무

실에 연락해 그를 만나러 갔다. 시부야의 호텔 커피숍이었다.

"매일 같은 곳에 가는 게 싫어요. 금방 질려서……"

독특한 목소리와 템포로 말하는 그녀는 얼핏 의욕이 없어 보였다. 그러나 이미 마음속에서 그녀로 결정해버렸기에, 다만 그녀는 솔직한 것뿐이라고 해석했다.

"대사를 외운다든가 그런 게 싫은 거죠? 그럼, 아이들에겐 대본을 주지 않으니까, 유 씨에게도 그렇게 하지요. 내가 그 자리에서 말로 가르쳐줄 테니까."

그렇게 말하자 그녀가 대답했다.

"그러면 할 수 있을지도……"

이게 모든 것의 시작이었다. 〈걸어도 걸어도〉에서는 주인공인 아베 히로시 씨의 누나 역할을 맡았다. 이땐 각본을 사전에 건넸지만, 집에서 열어보고 온 듯한 흔적은 없었다. 그런 건 어쩌됐든 간에. 유 씨의 대단한 점은 촬영 현장에서 생긴 잠깐 동안의 시간을 즉흥적인 한마디로 채우는 반사신경이다. "아직이야?" "웬 기록이야" 등 자연스럽게 선택된 대사로 멋지게 끼어들면서 현장의 템포를 조정해간다. 그 사실을 나중에 칭찬하자 "그건 말야, 버라이어티 방송에서 광고가 나오기 직전 3초 동안 무슨 말을 할 것인가와 같은 감각이야. 내 특기야, 그런 것."

끝까지 자유롭다.

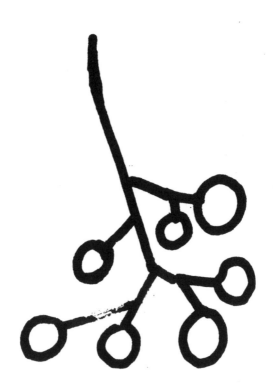

절
교

나쓰카와 유이 씨를 알게 된 지 벌써 10년이 넘었다. 처음
만났던 것은 〈디스턴스〉라는 상당히 실험적인 영화에서였다.
설정만 정해놓고 대사는 배우가 직접 생각해 입 밖에 내는 스
타일.

"저는 각본에 적힌 대사 이외의 말을 카메라 앞에서 해본
적이 없는데요"라며 당황하는 그녀를 "뭐 해보죠"라고 답하게
끔 억지로 설득했다. 그녀에겐 꽤 가혹한 경험이었다고 생각한
다. 그러나 촬영이 후반에 접어들던 어느 날의 일. 나쓰카와

씨는 함께 연기하는 배우의 질문에 집을 나간 남편(엔도 겐이치)과의 아픈 추억에 대한 이야기를 먼저 꺼냈다. 띄엄띄엄. 말을 고르면서도.

"감독이 말했던 게 이런 것이군요……"

촬영 후 그녀에게 그 말을 듣고 '권유하길 잘했구나……'라고 마음 깊이 생각한 것이 어제 일처럼 떠오른다.

그래도 역시 촬영이 시작되고 나서 이리저리 대사가 바뀌거나 갑자기 장면이 늘어나거나 하는 건 별로 좋아하지 않는 것 같다(당연한가?). 〈걸어도 걸어도〉에서는 주연인 아베 히로시 씨의 아내 역을 연기했는데, 이때는 매일같이 대사가 바뀌어서 그때마다 직접 손으로 쓴 대본을 갖고 대기실 문을 두드렸다. 대본을 받고서 그는 천천히 돌아보며 생긋 웃었다. 언제나 그렇듯 매력적인 보조개다.

"다음에 또 이러면 절교할 거야."

이후 당일 변경은 세 번까지라는 룰이 두 사람 사이에서 정해졌다. 〈진짜로 일어날지도 몰라 기적〉에서는 주인공과 함께 여행을 떠난 에미(우치다 캬라)라는 소녀의 어머니로 출연해주었다. 10년이라는 시간 덕분인지 나쓰카와 씨는 완전히 연출 측의 한 사람이 되어 딸에게서 자연스러운 표정이나 대사를 끌어내줬다. 그나저나 "절교할 거야"라며 웃던 나쓰카와 씨의

아름다움. 언젠가는 드라마의 한 장면으로 재현해보고 싶은
데, 그런 짓을 하면 정말 절교당할 것 같아 차마 못하겠다.

아
무
것
도

하
지

않
아

하시즈메 이사오 씨와는 〈진짜로 일어날지도 몰라 기적〉에서 처음 함께했다. 하시즈메 씨 하면 좀 오래된 이야기로는 모리타 요시미쓰 감독의 영화 〈키친〉이, 그리고 최근작으로는 노다 히데키 씨의 연극에서 나이가 느껴지지 않는(실례!) 경쾌한 대사 표현 솜씨와 몸놀림이 강한 인상으로 남아 있다. 원래 극단 문학좌 출신으로, 지금도 연극계의 중진. 촬영 현장에서 대사가 이리저리 바뀌는 나의 영화 제작 방식을 받아들여줄지 솔직히 불안했다.

처음 뵐 때는 역시나 긴장했다. 아이들에게는 각본을 주지 않는다. 따라서 그들이 어떤 말을 할지 알 수 없다. 대사는 현장에서 내가 말로 알려주기 때문에 그런 식의 방식을 받아들여주면 좋겠다 등을 설명했다. 하시즈메 씨는 가만히 귀를 기울이고 있다. 표정은 전혀 변화가 없다.

"그럼 아이들은 대사를 외우고 올 필요가 없나……"

"네, 그만큼 현장에서 조금 시간이 걸리지만요……"

"좋네 그거…… 나도 그렇게 해볼까나……"

그렇게 말하면서 처음으로 히죽 웃었다. 이 미소가 장난기 많고 매우 매력적이었다고 기억한다.

현장에서의 연기는 압권이었다. 무대에서는 그렇게나 가볍게 움직였는데, 대조적으로 거의 움직이지 않는다. 손이나 발, 눈조차도. 언제 움직이나 하고 가만히 응시했다. 카메라를 정면에 두고 클로즈업하는 장면을 찍을 때도 "아무것도 하지 않아"라고 한마디. 그리고 또 히죽 웃었다. 정말 아무것도 하지 않느냐면, 그건 아니다. 모든 것은 사소한 움직임과 움직임의 사이에 표현된다. 대사와 대사 사이. 움직이기 전에 멈춰 있는 약간의 시간을 늘리거나 줄이는 식으로 당황스러움과 친절함, 유머를 멋지게 나눠 연기한다. 깎아내고 깎아내지만, 그럼에도 정적이지 않다. 아이들의 움직임과 쌍을 이룬, 이 숨겨진 움직임을 부디 관객들도 만끽하면 좋겠다.

듣
는

힘

〈진짜로 일어날지도 몰라 기적〉의 홍보를 위해 주연인 마에다 형제와 전국을 돌고 있다. 후쿠오카 무대인사 때의 일. 사회자의 소개에 이어 말하기 시작한 형 고키 군은, 어른도 무색할 정도의 어휘로 청산유수처럼 영화의 볼거리와 첫 주연으로서의 소감을 말해 회장을 술렁이게 했다. 이어 마이크를 잡은 동생 오시로 군. "이 영화에 출연해 달라진 점은?"이라는 질문에 곤란한 얼굴. 잠시 고민하더니 "아무것도 변하지 않았어요"라고 한마디. 회장에 가벼운 웃음이 퍼진 순간, "아, 이가 났다"며 입을 크게 벌렸다. 촬영 당시엔 분명히 틈이 나 있던 앞니 양쪽에 멋지게 이가 돋아났다. 이 말에 장내는 웃음바다. 두 형제의 절묘한 조합 덕분에 이번 홍보 행사, 나는 좀 편하게 응하고 있다.

첫 만남 때도 두 사람의 인상은 역시 발랄하고 사랑스러웠다. 그리고 고키 군의 연기력은 발군이었다. 몇 번째 오디션이었을까. 아버지 역의 스태프와 등을 맞대고 앉아 휴대전화로 통화하는 연기를 시켰다. 부모가 이혼하고 지금은 아버지와 떨어져 사는 상황. 어떻게든 다시 한번 아버지와 어머니를 화해시키고 싶다고 생각하는 상황. 설명은 그 정도였을까. 대본을 주고 외우게 하는 것이 아니라, 내가 말로 대사를 전달하는 방식이었다.

"다시 합치려면 서두르는 게 좋아."

"뭐야. 엄마한테 좋아하는 사람이라도 생겼어?"라는 아빠.

"궁금하면 직접 물어보든가."

이런 1분 정도의 연기다. 자, 해봐, 라고 말하면 많은 아이가 자기 대사를 외우는 것만으로도 벅차 순서를 틀리지만, 고키 군은 완벽하게 아버지와의 대화를 연기해 보였다. 놀랍게도 아버지 역의 대사까지 모두 완벽하게 기억했다. 만담의 경험 덕분인 건가? 나로서는 알 수 없지만, 상대의 대사를 들을 수 있는 힘이야말로 배우로서 가장 중요한 능력임이 분명하다. 말하는 힘이란 우선 이런 듣는 힘이 있어야 생긴다고, 고키 군을 보며 확신했다.

안

되

겠

어

앞 글에 이어 마에다 형제에 대한 이야기. 동생 오시로 군은 차남 특유(?)의 자유분방함과 천진난만함을 그려놓은 듯한 소년이었다. 하루치 촬영을 끝내고 호텔로 돌아가는 버스 안. 피곤하고 졸린 스태프들도 오시로 군이 있다는 것만으로 자연스레 웃음지었고, 내릴 때는 다들 좀 기운이 나 있었다. "집에 데려가고 싶다"고 모두가 말하는 것도 수긍되는, 긍정적인 힘을 갖고 있었다.

그러나 솔직히, 연기력은 미지수였다. 오디션 때의 일. 모험에 나서기 위해서 필요한 돈 4000엔을 달라고 아빠에게 졸라 주렴. 모험이 아닌 다른 이유를 생각해서. 단, 너는 아빠가 엄마 몰래 파친코에서 돈을 낭비하는 걸 알고 있으니, 여차하면 그 화제를 꺼내면 돼. 이런 연기를 아버지 역의 스태프를 상대로 하게 했다.

이 오디션은 리서치노 겸했기에 아이들이 좋은 아이디어를 내면 그것을 각본에 반영하려는 속셈도 있었는데(교활해!), 이건 뭐, 아이들이 꽤 여러 가지 아이디어를 순식간에 생각해내는 통에 감탄하며 지켜봤다.

"아버지에게 멋있게 보이고 싶으니 축구화를 사고 싶다." "친구가 돈을 잃어버려 곤란해한다." "학교에서 여자애의 깨끗한 옷을 더럽혔다."

그런데 오시로 군. 한동안 아버지 역 스태프의 옆에서 뭔가 소곤소곤하더니 몇 번이나 "안 되겠어"라고 말하다가 생각 외로 간단히 포기하고는, 반쯤은 난처하다는 듯한 웃음을 지으며 나에게 와서 한마디했다.

"안 되겠어."

이건 뭐, 거의 반칙이지만, 그 "안 되겠어"라는 한마디로 스태프들은 웃음보가 터졌고, 또다시 그를 만나고 싶어졌다.

결국 불확실한 요소를 안은 채 그로 결정했다. 그러나 정작 촬영이 시작된 후에는 깜짝 놀랐다. 놀라운 집중력을 발휘해, 정말정말 멋지게 오다기리 조 씨(아버지 역)를 상대로 당당한 연기를 보여준 것이다. 그 천진난만함을 다듬는 것만으로 충분하다고 생각했던 건, 나에게는 한없이 기쁜 오산이었다.

번
짐

대개 사람들은 화면에 가장 많이 등장하는 배우가 영화의
주연이라고 생각하지 않을까 싶다. 그런 경우가 대부분이긴 하
지만, 내 생각은 좀 다르다.

주연은 화면에 잡히지 않을 때도 그 영화를 지배하는 사람
이다. 좀 멋지지 않은가, 이런 말투. 대체 무엇을 지배하는가
하면, 그것은 영화의 톤이나 리듬이나 템포 등이다. 무슨 리듬
이냐면, 대사와 액션과 감정과 때로는 편집의 리듬이다. 점점
이야기가 어려워지려나…… 즉 카메라 밖에 있는 감독의 호흡

과 합일된 사람을 그 영화의 주연이라고 부른다. 적어도 내 영화에서는 그렇다. 그 경우 가장 중요한 것은 (이것도 어디까지나 내 경우에 한하지만) 연기나 얼굴이 아닌 목소리다. 나는 굵은 목소리가 좋다. 알기 쉽게 말하면, 우타다 히카루 씨 같은 목소리. 어미에서 배어나는 무언가로 다양한 감정을 표현할 수 있으니, 말 자체에 감정을 담지 않아도 된다. 대사가 끝난 뒤 "……" 부분이 주는 여운. 그 시간이 영화 속 세계의 톤을 결정한다.

오리지널 각본으로 찍은 첫 작품인 〈원더풀 라이프〉는, 죽은 이가 천국으로 가기 전 7일간, 인생에서 가장 소중한 추억을 고른다는 판타지물이다. 그 시설에서 일하는 직원인 모치쓰키(주연)를 연기한 것이 아라타 씨. 그에게는 이 작품이 데뷔작이었다. 물론 투명한 외모도 일종의 천사 같은 배역에 딱이었지만, 무엇보다 그 굵은 목소리가 내 마음을 사로잡았다.

사망자로 등장하는 일반인들의 다큐멘터리 같은 이야기가 이 영화의 중요한 요소가 된다. 화면에는 나오지 않고 카메라 옆에 앉아서 사망자를 인터뷰한 아라타 씨의 목소리 리듬에, 그 나지막함에 나의 연출이 하나로 어우러졌다. 좀 오래된 영화이긴 하지만 아직 보지 못한 분은 꼭 보시기를.

버
스

〈진짜로 일어날지도 몰라 기적〉의 주인공은, 부모의 이혼을
계기로 가고시마와 하카타에 각각 떨어져 지내게 된 초등학생
형제다. 두 사람에게 공통되는 시간을 갖게 하기 위해 수영 클
럽에 다닌다는 설정을 했다. 캐스팅한 마에다 형제가 실제로
수영 클럽에 다녔기에 이를 그대로 가져온 것이다. 처음에는
가고시마에 사는 형은 수영을 마친 후 전차를 타고 집으로 돌
아간다고 설정했었다. 그러나 로케이션헌팅 과정에서 버스로
변경했다. 전차는 창문이 안 열렸기 때문이다.

"창문이 열리지 않으면 절대 안 돼."

고집 피우는 나를 스태프는 의아하게 쳐다봤지만, 어찌해도 양보할 수 없는 이유가 있었다.

이렇게 보여도 나는 어린 시절에 스포츠를 꽤 잘했다. 뛰는 것도 빨랐고, 피구도 잘했다. 그러나 예방접종 반응이 양성으로 나왔다는 이유로, 초등학교 1학년 때 수영 시간이면 늘 물 밖에서 보기만 해야 했다. 이 뒤처짐을 만회하지 못하고, 그후 수영만은 줄곧 서투르게 됐다. 초등학교 5학년 때의 어느 여름날. 친구들과 함께 도시마 공원 수영장에 놀러갔다가, 그러지 않으면 좋으련만 수심 2미터인 성인용 풀장에 무리하게 들어갔다가 물에 빠져, 오사와 군의 아버지에게 구조됐다. 그 '사건'을 계기로 집 근처 수영 클럽에 다니기로 마음먹게 됐다. 수영이 끝나고, 기요세 역 계단 중간의 서서 먹는 소바 가게에서 튀김 소바를 먹고, 아사히가오카 단지행 버스를 탄다. 아직 냉방 버스 같은 게 없을 때라 여름이면 꼭 창문을 열고 젖은 머리를 바람에 말린다. 이것이 최고로 기분좋았다. 그래서 어떻게 해서든 〈진짜로 일어날지도 몰라 기적〉의 주인공에게도 이 '기분좋음'을 체험하게 하고 싶었다. 주인공 마에다 고키 군의 머리는 짧고 삐죽삐죽했지만, 그 삐죽한 머리카락이 밤바람에 흔들리는 것을 모니터로 확인하면서, 오랜 기억 속에 남아 있는 염소 냄새가 희미하게 느껴지는 듯했다.

 덧붙이자면, 자유형 호흡이 그럭저럭 가능해져 25미터를 헤엄칠 수 있게 된 것은 중학생이 되면서이다.

〈진짜로 일어날지도 몰라 기적〉은 규슈 신칸센을 모티브로 하고 있다. 이 영화의 음악을 부탁드린 분이 '구루리<sup>くるり</sup>'의 기시다 시게루 씨. 기시다 씨와는 얼마 전, 모지코 역에서 열린 485계 전동차 해체 행사에서 만났는데, 소문대로 철도를 좋아했다. 인터뷰어가 전차의 매력에 대해 묻자 그의 한마디.

"나만의 것이 되지 않는 점이에요. 거기에 낭만이 있습니다."

큰 부자라면 자가용 비행기도 배도 손에 넣는 것이 가능하지만, 열차만은 분명 그렇지 않다. 다른 사람과 함께 탄다는 숙명을 애초에 지닌 탈것이다.

"심오하네……"

옆에서 무심코 그렇게 중얼거렸다.

철도 사진 애호가, 철도 승차 애호가 등 기차를 좋아하는 이의 종류는 다종다양하다. 매력도 여러 가지겠지만, 내 경우에는 타고 있으면 아이디어가 떠오른다는 지극히 현실적인 이유가 첫번째다. 왠지는 모르지만 기차 안만큼 펜이 술술 나가는 장소도 없다. 2위인 '심야 패밀리 레스토랑'을 멀찌감치 따돌리고 지난 수십 년간 1위 자리를 지켜왔다. 〈걸어도 걸어도〉라는 영화를 만들 때도 그랬다. 각본 아이디어는 도쿄에서 교토로 향하는 신칸센 안에서 생각해냈고, 네번째 왕복 때 도쿄행 열차에서 초고를 완성했다. 이제 신칸센은 나의 영화 제작 과정에서 빠뜨릴 수 없는 요소가 되었다.

그런 이야기를 기시다 씨에게 했더니, "나도 멜로디와 가사는 산책할 때 생각나요"라고 알려줬다.

'과연……' 하고 납득이 갔다. '구루리'의 곡은 이동 장면에 정말 잘 어울리기 때문이다. 〈진짜로 일어날지도 몰라 기적〉은 하카타와 가고시마에 사는 아이들이 부모 몰래 신칸센의 첫번째 열차를 보러 가는 이야기다. 물론 이야기가 떠오른 것은 신칸센 안. 그리고 선로를 따라 달리는 아이들의 장면을 쓸 때문득 떠오른 것이 '구루리'의 음악이었다. 그러면 완성된 영화 속에서 두 개의 이동은 어떻게 겹쳐질까?

궁금하면 영화를 봐주세요.

속
이
다

아이를 그린 영화 가운데 인상 깊은 작품 중 하나가 〈케스〉
다. 1969년 영국에서 제작됐다. 감독은 켄 로치. 일본에서는
아주 뒤늦게 1996년에 개봉했다. 집에서도 학교에서도 소외된
한 소년이 새끼 매를 주워 키운다는 아주 단순한 이야기다. 자
료에 따르면, 주인공 소년은 프로 배우가 아니라 촬영이 진행
된 고등학교에 실제로 다니던 학생이었던 모양이다. 상영 내내
거의 표정이 바뀌지 않지만(이 소년, 멋지다), 매에 대해 교실에
서 이야기할 때 나타나는, 거의 유일하다고 해도 좋은 그의 생

생한 표정이 뭐라 말할 수 없이 아름답다. 그 소년과 매의 생활을 카메라는 조심스럽게 절제하며 바라본다.

사실 이 케스라는 이름의 매에게는 수난이 기다리고 있다. 사이가 나빴던 형이 동생(주인공)이 집을 비운 사이 케스를 죽여서 버린 것이다. 켄 로치는 여기서 조금 색다른 연출을 한다. 학교에서 돌아온 주인공에게 "케스가 없어졌으니 찾으라"고만 지시한 것이다. 주인공은 케스를 쓰레기통 안에서 발견한다. 하지만 그 시체를 끌어안고 울기는커녕, 형에게 가서 대들며 한 손으로 그 매를 휘두른다. 이 장면이 전혀 센티멘털하지 않고 생생하게 리얼한 것은 아마 이 연출에 힘입은 바가 클 것이다.

켄 로치 감독을 직접 만날 기회가 있어 과감히 물어봤다. "아이를 상대로 속이듯이 연출해서 불안하지는 않았나요?"라고 말이다. "괜찮았어요. 많은 시간을 들여 신뢰를 쌓았으니, 비록 일시적으로 부서지더라도 회복할 자신이 있었습니다." 그는 조용히 웃으며 이렇게 말했다.

실은 나도 같은 종류의 속임수(?)를 〈아무도 모른다〉에서 시도한 적이 있다. 상점가 장면. 둘째에게는 친구들과 무선조종 차를 갖고 놀아도 된다고 지시해두고서, 걱정스러워 찾아온 형에게 갑자기 혼이 나는 장면이다. 형이 호통치면서 갖고 놀던 장난감을 걷어차자 둘째는 "물건에 화풀이하는 거 아냐"
라고 대들며 소리쳤다. 형제의 이 긴박한 연기는, 준비된 대사
로는 절대로 나오지 못했을 거라 생각하는데, 어때야 했을까.
정말 혼났다고 생각한 둘째는 돌아오는 길에 차 안에서 형 역
할의 야기라 유야 군에게 줄곧 등을 돌리고 있었지만, 그날
촬영이 끝날 즈음에는 서로 화해해서 안심했다.

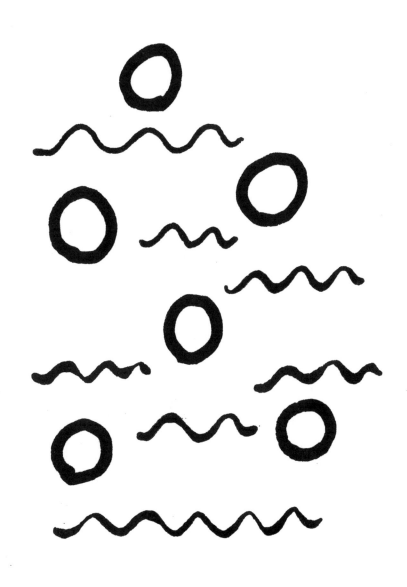

## 5 장

미디어의 틈새에서

'품성보다 분노, 라는 박력'

칸 영화제에서 마이클 무어의 〈화씨 9/11〉 상영회에 참석했을 때 회장의 열기는, 지금 돌이켜봐도 이상하다. 장내에 나타난 감독을 관객들은 일어서서 맞이했고, 상영 후에도 그의 용기를 치하하는 박수가 10분 넘게 멈추지 않았다. 나도 다른 관객들과 마찬가지로 존경심을 갖고 그 박수갈채에 동참했지만, 차츰 마음속에서 어떤 불편함이 퍼져나갔다.

그가 작품 속에서 부시를 비판할 때마다 터져나오는 장내의 웃음이나 박수는, 상영 전후 무어 감독을 향한 것과는 완

전히 다른 감정으로 지탱되고 있었다. 단적으로 말하면 상영 중의 야유에 가까운 웃음에서는, 양질의 지성이 그리 느껴지지 않았다. 거북함은 거기에서 기인했다. 그것은 그들이 가장 경멸하는 부시가 상대를 업신여길 때 짓는, 품성이 결여된 경박한 웃음과 어딘가 깊은 곳에서 통하는 게 아닐까. 그런 의구심에 사로잡혔다. 자신의 커뮤니케이션 능력의 결함은 문제 삼지 않고, 상대를 이해력 없는 바보라고 생각한다. 타자에 대한 상상력이 결여된 이러한 품위 없는 태도가 부시의 본질이라면, 설사 부시를 향한 것이라 할지라도, 이쪽은 결코 그런 태도를 취하지 않겠다는 결의가 진정한 의미의 '반反부시'가 아닐까.

내가 감독한 〈아무도 모른다〉는, 어머니에 의해 남겨진 사남매가 도쿄의 한 아파트에서 1년간 생활하는 모습을 그린 작품이다. 칸에서는 상영 후 나흘간 여든 곳 가까운 해외 언론사의 취재를 받았는데, 가장 많이 반복해서 질문받거나 지적된 점은 "당신은 영화의 등장인물을 도덕적으로 심판하지 않는다. 아이를 버린 어머니도 단죄하지 않는다"였다. "영화는 남을 심판하기 위한 것이 아니며, 감독은 신도 판사도 아니다. 악인을 설정하는 것으로 이야기(세계)는 알기 쉬워질지 모르지만, 반대로 그렇게 하지 않음으로써 관객들이 이 영화를 자신의 문제로서 일상에까지 끌고 들어가도록 할 수 있지 않나 싶다"라는 게 내 대답이었다. 그리고 그것은 마이클 무어의 자세와는 상당히 거리가 있는 태도인지도 모른다.

사실 내가 봤을 때 〈화씨 9/11〉은 다큐멘터리가 아니다. 그것이 아무리 숭고한 뜻에 힘입었대도, 찍기 전부터 결론이 먼저 존재하는 것을 다큐멘터리라고 부르지는 않으련다. 찍는 것 자체가 발견이다. 프로파간다와 결별한 취재자의 그런 태도야말로 다큐멘터리라는 방법과 장르를 풍요롭게 하는 원천이기 때문이다. 예를 들면 일본에서 고이즈미 총리를 공격하는 것 같은 작품을 만들어, 잠깐 동안 보는 이의 가슴을 후련하게 한다고 해도, 그것은 고작 제작자의 자기만족에 불과하다. 오히려 진짜 적은, 이러한 존재를 허용하고 지지한 이 나라의 6할 가까운 사람들의 마음에 자리잡은 '고이즈미적인 것'이고, 그 병소를 공격하지 않고 안전지대에서 고름(고이즈미)만을 찔러 짜낸대도 병세는 결코 나아지지 않는다. 나는 그렇게 생각해왔다.

무어의 전작 〈볼링 포 콜럼바인〉은 미국의 총기 범죄 증가를 국가의 침략전쟁과 연관지어 그리면서, 동시에 그러한 총기 사회를 지지하는 미국 국민도 비판했다고 생각한다. 그것이 작품을 깊이 있게 만든 게 아닐까.

그런 깊이가 과연 〈화씨 9/11〉에 있었는지, 나로서는 의문이다.

그러나 반대로 말하면, 그만큼 이 작품의 제작도, 세계의 현상황도, 그에게는 긴급사태였을지도 모르겠다. 이 영화가 순수하게 작품으로서 뛰어난가? 과연 다큐멘터리인가? 그런 건 아마도 큰 문제가 아닐 것이다(적어도 그에게는!). 무엇보다 거기에 표명된 그의 분노의 절실함이 많은 사람들의 마음을 뒤흔들었다는 사실만은 분명하다. 그것으로 충분하지 않은가?

그래서 불안해진다. 만드는 이가 원칙에 매달리는 바람에 우리 사회는, 건전한 형태로 '분노'를 표명하는 그릇으로서의 다큐멘터리는, 세계와 마주하기를 멈추고 장르에 스스로 갇혀버렸는지도 모른다. 그것은 실은 권력에 있어서 매우 유용했던 건 아닐까. 나는 지금 불길한 예감 속에서 그런 원칙들을 생각하며 '분노'에 대해 재고중이다.

가장 흥미로웠던 것은, 바로 영화를 영화로서만 마주하며 작품을 만들어왔을 심사위원장 쿠엔틴 타란티노가 영화를 세계에 맞서는 도구에 불과하다고 생각하는 마이클 무어에게 최고 상인 황금종려상을 선사했다는 사실이다.

이는 영화가 자기만의 세상에 틀어박힐 수 없을 정도로 세계의 병이 심각해진 결과라고 해석할 수도 있고, 영화제를 통해 타란티노 스스로 세계와 영화의 관계에 대해 새로운 발견을 한 결과라고도 할 수 있을 것이다. 그렇다면 바로 그 내적 변화가 그에게 풍요로운 '다큐멘터리'적 체험이었던 것은 아닐까. 그런 해석을 발견했다는 점에, 아주 조금 두근거린다.

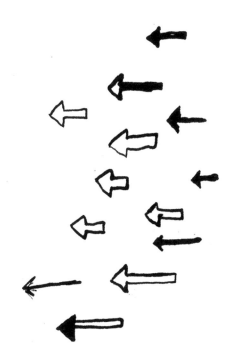

보
이
지
않
는

것 보
과 이

는

것


야마시타 가즈미의 『천재 유교수의 생활』이라는 만화에 「아름다운 늑대」(124회)라는, 몽골을 무대로 한 인상적인 이야기가 있다. 제자 중 하나인 야베 고이치 군이 복잡한 표정으로 교수의 연구실을 찾아와 "몽골인이 되겠다"고 선언한다. "문화는 농경을 어머니로, 문명은 도시를 어머니로 하여 근대가 성립되어왔다. 그런데 그 '우리의 근대'는 지금 명백히 교착 상태에 빠졌다. 농경과도 도시와도 무관한 '유목'이라는 태고의 생활 형태는 이 한계에 대한 '안티테제'로 볼 수 있다. 나는 그것을 스스로 증명해 보이고 싶다."

이러한 말을 들은 교수도 결국 몽골에 동행하게 되는데, 유학생으로서 일본에 왔다가 한발 앞서 몽골의 수도인 울란바토르로 돌아간 친구 호란은 이렇게 말한다. "야베 군, 유목이란 정말 어렵고 고된 삶이야. 울란바토르에서 약간의 부자가 되는 쪽이 훨씬 쉽지. 일본인에겐 무리야." 교수는 말한다. "그런 일은 없습니다. 어떤 생활 형태이든 그것을 움직이는 것은 인간입니다. 좌우간 가봅시다."

이동민이나 유랑민으로 불리는 이들은, 정착민에게는 다른 가치관이나 종교관, 기술, 약(때로는 질병)과 예술을 가진 타자였다. 그런 비정착민과의 접촉을 통해 정착민은 그 문화를 성숙시켜갔다. 그러나 그들의 존재는 동일화에 의해 안정을 지향하는 정착민측의 권력자에게는 파악하기 힘든 위협으로 비쳤다. 그래서 그들에게는 점차 정착화라는 이름의 박해가 가해진다. '내부'는 동일한 가치관에 갇힌 평온한 일상(세간)을 얻는 대신, 자신들의 사회를 비평하는 그들의 '외부'를 잃었다. 이는 내부로서도 커다란 손실이었을 것이다.

방송을 비롯한 미디어는 유목민이어야 한다. 그들의 가장 큰 역할은, 주민들이 사는 세상이 성숙할 수 있도록 외부에서 비평하는 것이다. 그것이 저널리즘이 서야 할 위치가 아닌가 하고 생각한다.

특히 일본 같은 섬나라에서 사는 정착민 집단은, 이질적인 사람들과의 접촉을 통해 스스로를 성숙시켜나갈 기회를 갖기 어렵다. 일찍이 사면이 바다로 둘러싸인 조건은 바닷사람을 매개로 외부에 '열려 있다'고 여겨졌으나, 어느샌가 바다로 인해 가로막혔다고 인식되며 '섬나라 근성'이 오랜 시간에 걸쳐 만연했다. 확실히 말해서 이는 병이다. 거기서 '일본은 단일민족'이라느니 '만세일계'라느니 '중국인은 범죄 유전자를 가졌다' 같은 안과 밖에 얽힌 환상과 망언이 나온다고 생각한다. 설상가상으로, 한 사람 한 사람의 개체가 성숙하지 않았기에 집단을 덮고 있는(외부에 있어서는 폭력으로밖에 부를 수 없는) 단일한 가치관(섬나라 근성)에 무비판적으로 몸을 맡기는 경향이 강하다. 그럼으로써 마음의 평화를 얻은 듯한 착각에 빠진 것이 지금의 일본 사회(세간)의 특징이라고 생각한다.

그럴수록 미디어가 정주자에, 그 촌락공동체에 계속해서 경고하며 각성을 촉구하는 역할을 담당하길 바란다. 도시 문명의 밖에는 도시보다도 넓은 초원이 그야말로 무한하게 펼쳐져 있다. 그것이 세계다. 거기에는 '세간'과는 다른 가치관이 있고, 내부적으로 그 땅에 닿은 바람을 맞음으로써 처음으로 자신의 모습을 상대화할 수 있게 된다. 시야가 좁고 상상력이 부족한 인간일수록 내부에서밖에 통용되지 않는 '아름다운 나라' 같은 단어를 중얼거리는 법이다.

지금의 일본과 거기에 사는 사람들(일본인만으로 한정되는 게 아니라)에게 가장 불행한 것은, 이 정신적 외부에 있어야 할 미디어가 완전히 내부의 세상과 일체화되고 그 가치관에 영합해 오히려 마을의 외벽을 보강해버렸다는 사실이다. 국가적 가치관과 개인의 가치관, 그 이쪽과 저쪽에 대해 비평적인 입장으로 접근해 타자와의 접촉의 장을 여는 것으로 양자의 성숙(상대화)을 촉진함이 미디어의 역할이라고 생각하지만, 현재는 미디어가 외부에 있지 않고 국가와 개인과 동심원상에 겹쳐 있다. 이는 섬나라 근성의 삼중고다. 미디어는 정부의 홍보 도구이며(TV를 오래 보는 사람일수록 자민당 지지율이 높다는 결과가 나왔다■), 원래라면 제4의 권력으로서 경찰 권력의 행사를 점검해야 함에도 불구하고, 솔선해서 범인 색출에 협력하고 사법에 앞서 사회적(세간적) 제재를 가한다.

이렇게 되면 우리를 둘러싼 환경은 타자가 존재하지 않는 '세간' 정도밖에 되지 않는다. 거기에서는 내부 사람끼리 작은 차이를 찾아내 자기들끼리 서로 배제하는 '왕따'가 난무한다. 학교가

---

■ 2005년 중의원 선거 때 요미우리신문에서 실시한 인터넷 조사에 따른다.

바로 지금 그런 세상의 축소판이 되어 질식할 것 같은 상황에 처해 있다. 넓은 세계는 높은 벽에 차단돼 볼 수 없고, 서로 감시하는 세간에만 둘러싸인 답답함에서 인간이 도망칠 수 있는 수단이라고는 현재 자살밖에 없는 상황으로 흘러가는 게 아닐까?

TV 방송이 보여줘야만 하는 '보이지 않는 것'은 물론 영기나 수호령이나 전생 같은 것이 아니고, 세간 밖에 펼쳐진 저 대초원이다(이를 공공성이라고 불러도 좋다). 그리고 언론 종사자는 세간에서 분리된 그 초원에서 스스로의 가치관을 배양하는 자각을 하는 게 무엇보다 중요하다.

나는 지금 정신적인 영역의 이야기를 하는 것이지, 언론 종사자들이 높은 월급을 받는다든가, 서민의 생활을 내려다보는 듯 자사 빌딩을 높이 짓는다든가 하는 것을 비판하는 게 아니다(세간의 가치관으로부터 언제든지 정신을 자유자재로 초원으로 날아오르게 할 자신이 있다면, 어떤 생활을 해도 딱히 상관없을 것이다……).

자신의 정신에 의지해 서서 발아래 놓인 초원을 볼 수만 있다면, 언론에 압력을 가하거나 '명령'을 내리거나 으름장을 놓거나 하는 권력자에 대해서도, 또 세간의 가치관 그 자체인 시청률이라는 압력에 대해서도, 지금보다는 좀더 의연한 태도로

맞설 수 있지 않을까. 나는 유목민이다. 너와는 입장이 다르다. 왜냐하면 나는 존재 자체가 '안티테제'이기 때문이다. 그러니까 가치관이 다른 건 당연하지 않은가. 이런 자세는 아마도 도시에서 '약간의 부자'가 되는 것보다는 '어렵고 고된 삶의 방식'일 것이다. 그러나 그것을 '무리'라고 포기했을 때 미디어(특히 방송)는 저널리즘도 공공새도 아니며, 권력이 부여한 기득권(전파)에 몰려든 담합 조직과 조금도 다르지 않은 존재가 되고 만다. 그렇게 되었을 때, 미디어는 누군가가 자기가 좋아서 자기들(만)의 이익을 위해 카메라 앞에 자신의 모습을 노출하는 식의 공공성만을 갖게 된다.

「아름다운 늑대」에서 대초원을 앞에 두고 유교수는 이렇게 말한다. "그 바람은 어디에서 부는가, 구름은 어디로 흘러가는가, 끝은 어디에 있는가, 가볼 수밖에 없다. 넘어도 넘어도 한이 없는 그 질문에 계속 등을 떠밀리는 것처럼."

교수가 있는 초원에 서서, 교수가 본 초원을 자신의 눈으로 보았으면 한다. 과거 '세계'의 주민이었던 사라진 유목민이 다시 그 초원에 서 있는 모습을 보여주길 바란다. 내부에 있는 것으로는 보이지 않는 그 초원의 존재를 미디어가 확실한 윤곽을 갖고 그려내 보일 때, 보이던 세간과 보이지 않았던 세계는 틀림없이 역전될 것이다.

# 칸 영화제에서 돌아와

〈그렇게 아버지가 된다〉의 칸 영화제 참가가 결정되자, 일본에서는 '수상 레이스' '강호에 도전한다' 같은 용감한 제목을 건 기사가 인터넷 뉴스와 신문 지면에 등장했다. 축제니까 배당금을 걸고 내기 대상으로 삼거나, 영화 평점의 별 개수에 일희일비하는 것도 즐기는 한 방법이라고는 생각한다. 그러나 '레이스'만으로 시야를 좁히면 영화제의 본질을 오인할 수 있다. 우열을 겨룬다는 직선적인 감각은 영화제에 참가하는 나의 마음과는 상당히 동떨어져 있다. 사실은 좀더 풍요롭고 복잡한 체험이다.

칸 영화제에는 매년 전 세계에서 2000편 가까운 응모작이
모인다. 그중 경쟁 부문에 선정되는 것은 20편 남짓이다. 그럼
이 20편은 무엇을 기준으로 선정되는가? 영화제는 스포츠 경
기가 아니기 때문에, 예선을 통과한 영화들 가운데 기록이 좋
은 순서로 20편을 선정하는 것이 물론 아니다.

집행위원장인 티에리 프레모 씨의 인터뷰나 직접 나눈 대화
로 판단하자면, 그가 가장 중시하는 것은 '다양성'이다. 그는 이
경쟁 부문의 20편과 주목할 만한 시선 부문의 20편, 총 40편의
공식 초청 작품으로 2013년 영화의 세계지도를 그리려는 것은
아닐까? 나는 그렇게 생각한다.


세계적으로 가장 주목받는 이 영화제에 출품한다는 것은,
작품의 아버지인 감독으로서는 애지중지 키운 아이를 처음으
로 세상 풍파에 홀로 던져놓는 기분이 들게 한다. 아이들에
대한 평가는 주로 각각 다른 다섯 개 측면에서 이루어진다.

우선 선정위원에 의해 20편 중 한 편으로 선정됐다는 평가.
이것이 첫번째 기준이 된다. 두번째는 종종 박수와 야유의 정
도로 판단되는 일반 관객의 만족도. 다음으로 상영 다음날부
터 일제히 신문, 잡지에 게재되는 전문가의 비평이나 평점(뭐,

예술성이라고나 할까). 여기에 마켓에서의 평가(상품으로 팔릴지 안 팔릴지)가 추가된다. 어떤 배급사가 어떤 영화를 얼마에 샀다는 정보가 시중에 떠돈다. 뭐, 돈다발도 오고가니까. '싸움'이라는 표현이 어울리는 장소가 있다면, 그것은 레드카펫 위가 아니라 차라리 이쪽이라고 생각한다. 그리고 다섯번째로, 최대 이벤트로서 심사위원의 판단이 발표되며 축제는 막을 내린다. 다섯 개의 가치관은 각자의 존재 의의와 자존심을 걸고 대치하고 서로 비평한다. 어느 평가도 절대적이지 않아서, 심사 결과에 대해 기자들이 야유를 퍼붓는 경우도 있다.

그러나 그런 태도에 대해 예의가 없다거나 식견이 없다고는 말하지 않는다. 그 중층적인 평가의 난반사야말로 건전하며, 영화제를 풍요롭게 한다는 것을 다들 알기 때문이다. 출품작이나 출품인은 이 난반사 속에서 우왕좌왕하면서 때론 분노하고 낙담하며, 때론 자신의 작품과 자신에 대한 관객의 감상이나 기자의 질문을 통해 눈에서 비늘이 떨어지는 듯한 깨달음을 얻기도 한다. 답이 하나여야 마음이 놓이는 일본인에게 애당초 이런 '혼란'은 좀처럼 받아들이기 힘들지 모른다. 그러나 이 거친 파도를 헤엄쳐나왔을 때, 작품도 감독도 확실히 단련되고(터프해지고) 성장한다.

"작품의 어떤 부분이 평가를 받았다고 생각하는가?" (이것도 일본 언론 특유의 질문이지만) "지금까지의 작품과 무엇이 다른가?"라는 질문을 거듭해서 받았다.

〈그렇게 아버지가 된다〉라는 영화가 그린, 아버지와 아들을 잇는 것은 피인가, 함께 보낸 시간인가라는 질문은, 일본 이상으로 입양 제도가 잘 정착된 유럽인에게 분명 친근하고 절실했다고 생각한다.

그러나 역시 나로서는 이 한 작품만이 아니라, 경쟁 부문에는 오르지 못했던 전작, 전전작의 존재를 기억하고 싶다.

가령 〈걸어도 걸어도〉(2008)와 〈진짜로 일어날지도 몰라 기적〉(2011)이라는 내 과거 작품은 유럽 각지의 영화관에서 개봉됐고, 〈걸어도 걸어도〉는 파리를 중심으로 일본에서보다 많은 관객을 모았다. 〈진짜로 일어날지도 몰라 기적〉도 올봄 런던에서 개봉하면서, 내 작품 중에서 가장 히트했다. 이처럼 눈에 띄지 않는 착실함을 꾸준히 쌓아가면서 조금씩 프랑스 관객들에게 내 작품의 세계관을 침투시킨 영향도 이번 결과에 반영되지 않았나 자부한다.


올해 칸 영화제 경쟁 부문에는 두 편의 일본 영화가 올라, 주연 배우들도 각자 현지에 도착했다. 심사위원으로 가와세 감독이 선정되면서 일본 언론의 주목도도 예년에 비해 꽤 높았던 것 같다. 이런 상황에서 혹시 상(레이스)이 따르지 않았다면 아마 일본의 여러 언론은 경쟁 부문에 선정됐다는 성과는 미뤄두고, 우리의 구체적인 체험과 감동 등은 전혀 없었다는 듯 '안타까운 결과'만 전하며 보도를 마쳤을 것이다. 그걸로 배우들과 스태프들이 함께 겪은, 그 길고 뜨거운 관객의 박수에 담긴 진실성이 부정되는 것은 참기 어렵다.

그래서 심사위원상을 수상한 소감은, 기쁘다기보다 솔직히 안심했다는 쪽에 가까웠다. 물론 '일본 영화의 쾌거'라는 말을 들으면 싫지는 않다. 그러나 이번 보도 방식은 영화제 전반을 반영하지 않는다. 1초라도 더 길게 〈그렇게 아버지가 된다〉의 영상을 내보낼 수 있도록 방송국과 절충하느라 격전을 벌이는 홍보 스태프를 생각하면, 나로서는 좀처럼 하기 힘든 말이지만, 적어도 황금종려상 작품과 감독을 소개하는 데는 좀더 시간을 할애해야 했다. 거기에는 일본 선수의 메달 획득에만 주목하는 올림픽 보도를 볼 때와 같은 위화감이 있었다.

영화제 행사장에는 국기가 걸리지 않는다. 같은 축제임에도 올림픽과의 다른 점은 거기에 있다. 도대체 영화의 국적은 무엇일까? 일본 영화란 과연 무엇일까? 그것은 과연 얼마나 자명한 것일까?

각본상을 탄 중국 지아장커 감독의 〈천주정〉. 이 작품의 프로듀서는 오피스 기타노의 이치야마 쇼조 씨다. 이번 수상 결과에 대한 일본의 보도 중에서 이치야마 씨를 언급한 것이 별로 없지만, 지아장커 감독의 재능에 반한 그는 데뷔 직후부터 줄곧 그를 지원하고 있다.

황금종려상을 탄 프랑스 영화 〈가장 따뜻한 색, 블루〉의 케시시 감독은 튀니지 출신. 경쟁 부문에 줄품된 〈지미 P〉는 데스플레샹 감독이 모국을 떠나 미국에서 전부 영어로 촬영한 프랑스(출자) 영화라고 한다. 주목할 만한 시선 부문에서 그랑프리를 획득한 〈미싱 픽처〉, 감독은 리티 판. 크메르루주가 자행한 캄보디아에서의 학살을 주제로 자전적 이야기를 그린 다큐멘터리다. 이 작품도 프랑스와 캄보디아의 합작 영화다.

영화와 그 감독의 출신이나 언어는 복잡하게 이어지거나, 단절된다. 영화의 풍부한 현재는 그 복잡함에 있다. 민족이나 지역, 언어를 횡단한 이 수상작들이야말로, 티에리 씨가 생각하는 현대적인 '다양성'의 체현인 것이다.

영화는 틀림없이 세계적으로 통하는 언어다. 다양성을 바탕으로 하면서, 그 차이를 가볍게 넘어 모두가 주민으로 연결된다는 이 풍요로움. 그 풍요로움 앞에서 현재 사는 장소는 의미를 잃는다.

'쿨 재팬'이란 구호를 내세우고 정부에서도 뒤늦게나마 일본의 대중문화를 해외에 계속 수출하려는 움직임을 보이고 있다. 물론 영화에도 그런 지원 자체는 필요하다. 문제는 어떤 철학을 가지고 하느냐다.

일본의 올림픽 유치 활동을 보면서, 스포츠라는 문화를 위해 무엇을 할 수 있을까를 생각해야 할 올림픽 개최가 "지금 우리에게는 올림픽이 필요하다"라는 문장으로 주객전도되어 문화를 왜소화한다는 생각이 들었다. 영화에 대한 지원이 같은 잘못을 저지르지 않길 바랄 뿐이지만, 과연 그들이 생각하는 '일본 영화'에 〈천주정〉은 포함되었을까? 만약 그렇다면 그야말로 '쿨'하다고 할 수 있겠지만, 단순히 영화의 해외 진출로 외화를 벌겠다는 발상이라면, 그런 태도는 '쿨'함과는 거리가 멀다고 할 수밖에 없다.


속내는 어떻든 '영화의 다양성에 기여하기 위해', 즉 '영화 문화 그 자체를 위해 뭘 할 수 있을까?' 하는 가치관을 내걸고 임하지 않는 한, 그 대응이 세계 영화인들에게 존경받는 일은 없을 것이며, 그런 접근이 영화의 현재와 이어지는 일도 없을 것이다.

작품이나 감독이 무엇과, 누구와 혈연을 구축해가는가는,

인간과 마찬가지로 단순히 출생만으로 결정되지 않는다. 행운인지 불행인지, 그 출생과의 연결에 가장 의심을 갖지 않는 것이 일본과 일본 미디어, 일본 영화인지도 모른다. 그런 것을 생각한 12일간이었다.

안
도
와

후
회

6월 7일 네즈 미술관에 갔다.

목적은 방일중인 프랑스 대통령 그리고 문부과학대신과의
인사. 대통령과의 리셉션에서는 1분간 스피치를, 문부과학대
신과는 이번 칸 수상에 대한 축하인사와 나의 감사인사가 오
가는 비공식 미팅을 15분간 진행할 예정이었다. 이런 격식 차
리는 자리는 별로 좋아하지 않지만, 시간이 맞으면 감사의 마
음을 전하는 것은 주저하지 않는다. 그 정도는 '어른'으로 있
고 싶다.

그러나 미술관으로 향하는 지하철 안에서 '올랑드 대통령과 아베 총리 공동 성명' 뉴스를 접하고, 대번에 마음이 무거워졌다. "원자력 관련 기술 개발에 대한 공조를 확인하고 수출을 추진하기 위한 협력을 강화할" 것이라고 했다. '어이 이봐'라는 마음의 소리. 터키에 원전을 수출했을 때도 놀랐지만, 수명이 다한 원자로에 대한 처리 방식도 아직 불확실한 상황에서 노 대체 어떤 기술을 개발하고 수출하는 것일까.

좋아…… 나에게 주어진 1분을 사용해서(통역이 끼어 있으니 실제로는 30초) 전반 30초는 칸에 대한 감사인사를 전하고 후반 30초에는 "꼭 후쿠시마에 가보셨으면 좋겠다"고 말하자고 마음먹었다.

오후 네시 정각에 네즈 미술관 도착.

담당자에게 안내를 받아, 1층의 홀 같은 곳에서 대통령을 기다린다. 둘러싼 사람들의 박수를 받으면서 등장한 올랑드 대통령은 시종 '일본 문화의 우수성'에 대해 말했다. 마음이 흔들린다. 그래…… 여기는 '문화를 논하는 자리'야…… 여기서 원전 이야기를 하는 것은 촌스러워…… 네즈 미술관에서 "후쿠시마에"라는 발언은 어울리지 않는다. 오히려 그 성명이 발표된 기자회견장에서 저널리스트들이 해야 할 말이려나……

하며 단숨에 마음이 돌아섰다(내 일이 아니야 하고 말이다).

대통령에 뒤이어 인사한 것은 (아마도) 일본측 대신이었다. 그는 이런 비유를 들려주었다.

"내가 만약 우주인에게 잡혀가 지구가 어떤 별이냐는 질문을 받는다면 이렇게 대답하겠습니다. 지구에는 문화와 과학기술에 뛰어난 나라가 둘 있습니다. 일본과 프랑스입니다."

다시 '저기 이봐……'라는 마음의 소리(그런 발언을 어찌 뻔뻔스럽게……). 후쿠시마 원전 사고 등은 없었던 양 그런 발언을 하는 걸 듣고 솔직히 분노에 떨었다. 그리고 마음을 고쳐먹었다. 1분을 들여 "후쿠시마에 가봐"라고 말하자고.

하지만.

촌스러움을 무릅쓰고 각오했는데, 대신의 발언이 예정보다 길어져서인지 스피치 시간이 곧바로 종료돼버렸다. 후쿠시마에 대해 여러 사람 앞에서 말할 기회가 사라져버린 것이다.

그리고 마음도 추스르지 못한 채, 장소를 다실로 옮겨 문부과학대신과의 개인적인 미팅에 임했다. 수상에 대한 감사인사와 함께 칸 영화제에서 열렸던 "알랭 들롱과 함께 보는 〈태양은 가득히〉 같은, 영화를 향한 존경으로 가득한 기획이 멋있었다"는 둥 이야기를 했고, 일본과 프랑스의 장기적인 공동제작 문제 같은 것에 대해서도 말을 주고받았다. 그런데 그때 어째서인지 대신(여성) 옆에 있던 프랑스 대통령의 파트너인 발레리 트리에르바일레르 씨의 모습이 눈에 들어왔다. 기회다 싶었다.

"아까 일본 대신은 문화와 과학기술이 뛰어난 나라라고 말했는데, 그 과학기술을 과신한 결과가 후쿠시마 원전 사고입니다. 바쁘시겠지만, 꼭 한번 대통령과 함께 후쿠시마에 가보세요." 내가 힘줘 말한 것을 그녀는 진지하게 들어준 듯하다. 내 말에 그녀는 "우리가 피해 지역의 일을 잊지 않는 것이 중요합니다. 이를 위해 도호쿠에서 오페라 공연을 여는 등 문화 교류를 앞으로도 계속해나가고 싶습니다"라고 했다.

통역을 낀 대화였으니 어디까지 이야기가 통했으려나. 전달됐는지, 전달되지 못했는지 잘 모르겠지만……

일단 대통령이 아니라 해도 내 생각을 전한 것에 대한 안도감과, 공개 석상에서 '후쿠시마'에 대해 언급하지 못했다는 것에 대한 후회, 언급하지 않고 끝난 데 대한 또다른 안도……
그런 몇 가지 복잡한 기분으로 미술관을 떠났다.

## 6 장

애도하다

무
라
키
씨

제가 이 일을 선택하게 된 큰 계기는, 학창 시절에 만난 무
라키 요시히코 씨와, 그뒤 그와 함께 테레비만유니온을 설립한
하기모토 하루히코, 곤노 쓰토무 이렇게 셋이서 함께 쓴 『너는
그저 현재에 불과하다』라는 한 권의 책이었습니다. 거기에는
TV 관련자가 TV라는 매체와 정면으로 마주해 그 가능성을
따지면서, TV가, 그리고 자신이 갖는 보수성과 싸우는 모습이
담겨 있었습니다. 그것은 무라키 요시히코의 청춘의 기록이자,
TV 자체의 청춘의 기록이었을 거라고 생각합니다.

무라키 씨는 항상 온화하고 이지적이고 상냥했습니다. 대학생인 저에게는 '이런 사람이야말로 성인 남자인 건가……' 싶을 정도로 그의 모습은 정말 눈부셨습니다. 어쨌든 멋있었습니다.

TV는 영화처럼 감독의 작가성에 그치는 게 아니다. 그것이야말로 TV 방송의 오리지널리티다. 영화가 악보를 가진 클래식이라면, TV 방송은 재즈다. 흐르면서 사라져가는, 시청자와 공유하는 시간이다. 『너는 그저 현재에 불과하다』에는 분명 그런 내용이 있었습니다. 제가 영상을 만드는 사람으로서 첫발을 내디뎠을 때, TV에서 방법론을 묻는 시대는 완전히 지나가버렸지만, 그럼에도 늦게 도착한 청년으로서 저는 무라키 씨 등의 말을 머리와 몸에 되풀이해 물으면서 TV 프로를 만들어왔습니다. 제가 활동의 축을 TV에서 영화로 옮길 무렵, 무라키 씨와 한 차례 통화한 적이 있습니다.

정신적으로는 무라키 씨의 제자라고 멋대로 자부하던 제가 TV에서 영화로, 익명성에서 저명성著名性으로 이행하는 것을 그가 어떻게 생각하는지 솔직히 마음이 쓰였기 때문입니다. 그는 언제나처럼 웃는 얼굴로 저의 입장 변화를 부드럽게 긍정해주셨습니다. 그리고 작품을 보면 반드시 칭찬해주셨습니

다. 마지막에는 늘 "다음에는 어떤 작품을⋯⋯"이라고 물으며 끊임없이 다음을 기대해주셨습니다.

갑자기, 정말 갑자기, 이제 더는 칭찬받을 수도 다음 작품을 보여드릴 수도 없게 되었습니다.

그가, 그들이 『너는 그저 현재에 불과하다』를 쓴 나이를 저는 어느새 지나와버렸습니다.

"TV에 무엇이 가능한가?" 무라키 요시히코가 끝없이 질문했던 이 물음에 20년 동안 저는 얼마나 답해온 것일까요⋯⋯ 그렇게 생각하면, 안타깝고 죄송한 마음만 가득해집니다.

지금 취재중인 가수 코코는, 토크를 마칠 때 "그래서 부릅니다"라고 객석을 향해 말합니다. 자신의 나약함이나 어쩔 수 없는 현실, 소중한 친구의 죽음 등을 마주했을 때⋯⋯ 그럼에도 자신은 노래를 부르는 것밖에 할 수 없기에 고개를 들고 "그래서 부릅니다"라고. 저는 이 말이 "그럼에도, 부릅니다"가 아닌 것이 그녀의 강인함이자 대단함이라고 느낍니다.

말 그대로 은사이신 무라키 씨가 던진 물음에 조금이라도 답하기 위해서는, 역시 그녀가 말한 것 같은 강인함으로 이렇게 말할 수밖에 없습니다.

"그래서 영화를, TV 방송을 만듭니다."

하
라
다
씨

하라다 씨는 처음에는 광고 일로 함께했고, 그후 〈하나〉
(2006) 〈걸어도 걸어도〉(2008) 〈진짜로 일어날지도 몰라 기적〉
(2011) 등 제가 감독한 작품에 나와주셨습니다. 하라다 씨를
영화 〈료마 암살〉(1974)에서 처음 봤기 때문에, 제게 하라다
씨는 강렬한 남성의 이미지로 남아 있었습니다. 하지만 제 영
화에 나온다면 모두가 떠올리는 '하라다 요시오'가 아니라 다
른 역을 맡기고 싶어, 〈걸어도 걸어도〉에서는 실제보다 나이가
많은 역할을 부탁드렸습니다. 조금씩 쇠약해지는 할아버지 역

할인데, 하라다 씨는 젊고, 목소리에 생기가 있고, 눈빛도 날카로웠습니다. 그래서 본인이 먼저 "머리를 하얗게 물들이고 싶다"고 말씀하셨습니다. 아마도 스스로가 아직 자각하지 못한 '늙음'이라는 개념을 어떻게 표현할까에 매달렸다고 생각합니다.

교헤이는 은퇴한 개업의로, 지금은 다리도 약해졌으며 집안에도 자신의 자리가 없습니다. 일찍이 강한 부권을 가졌던 그가 그것을 잃고, 이 모습을 주인공이 목격한다는 것을 영화의 중요한 축으로 묘사하고 싶었습니다. 가족 사이에서 겉도는 존재니까 현장에서도 "모두와 어울리지 않겠다"고 하라다 씨는 말씀하셨고 실제로 그렇게 했습니다. 그보다 앞선 영화인 〈하나〉 현장에서는 대기 시간에 자연스럽게 젊은 배우들이 하라다 씨 주위에 모여들었으니, 이때는 정말 의식적으로 함께 일하는 배우들에게서 거리를 둔 것으로 보입니다.

대본 리딩 때의 일입니다. 기키 기린 씨가 연기한 아내로부터 "최근 노래방에서 엔카 〈스바루昴〉를 부르고 있어"라고 공격당하는 장면에서, 하라다 씨가 대본을 읽다가 "〈스바루〉는 엔카가 아닌데"라고 말했습니다. 정말 그렇네요, 라는 이야기가 나와, 영화에서는 "〈스바루〉는 엔카가 아냐"라고 교헤이가 퉁명스럽게 대답하는 것으로 대사를 바꾸었습니다. 그것은 하

라다 씨의 한마디에서 떠오른 대사입니다. 그로 인해 교헤이의 인간적인 유머감각 같은 것을 표현할 수 있었다 싶습니다.

또하나 인상에 남아 있는 것은, 가족들이 장어를 먹고 있고, 교헤이가 손자의 기모스이(장어의 간을 넣어 끓인 국―옮긴이)에서 간을 뺏어 먹는 장면. 저는 "자신의 젓가락을 빨고 나서 간을 집어주세요"라고 부탁했는데 그때, 하라다 씨는 좀 싫은 얼굴을 했습니다. 자신의 미학으로는 그런 일은 하지 않는다, 하지만 이 남자(교헤이)는 그러겠지 하는 갈등이 엿보였고, 그런 모습이 제게는 재미있었습니다. 멋진 하라다 요시오를 잘 찍어줄 감독은 저 말고도 많다고 생각합니다. 그래서 저는 그렇지 않은, 멋지지 않은 변화구 같은 하라다 씨의 모습을 찾으려 했습니다. 지금보다 더 나이를 먹으면, 또다른 할아버지 역할을 부탁드리고 싶었는데.

칠십대, 팔십대의 하라다 씨는 어떨지 다들 보고 싶어하지 않을까. 그것이 이제 이루어질 수 없다는 사실이 유감입니다.

취재·글: 가나자와 마코토

나
쓰
야
기

씨

갑작스런 부고를 접하고 놀라움과 슬픔에 휩싸여 있습니다. 나쓰야기 이사오 씨는 영화 〈그렇게 아버지가 된다〉에서 처음 함께했습니다. 한 장면에 출연했지만, '주인공에게 현재까지 그림자를 짙게 드리운 아버지'라는 중요한 역할이었습니다.

조감독인 가네시게 아쓰시 씨에게 듣던 대로, 나쓰야기 씨는 예정보다 훨씬 앞선 시간에 촬영 현장에 와서 영화에서 자신이 앉을 아파트의 창가 쪽에 자리를 잡았습니다.

"신경쓰지 말아요"라고 준비중인 스태프에게 말을 걸면서,

그 장소에 자신을 친숙하게 만들려는 듯 앉은 자세를 가다듬고 촬영 때까지 움직이지 않으셨습니다.

지난해 가을 〈고잉 마이 홈〉의 촬영 현장에서 한번 몸 상태가 무너지신 적이 있어, 그때부터 병세에 대해서는 알고 있었습니다.

하지만 "연기하기 힘들게 되면 죄송하니, 동료 배우들에게도 비밀로 해달라"고 본인이 요청해, 실제 병세는 감춘 채 촬영을 재개해 속행했습니다(아들 역할의 아베 히로시 씨는 알고 계셨을 것 같아요).

드라마 최종회의 핵심은 나쓰야기 씨가 연기한 아버지의 장례식 장면이었습니다.

각본대로 찍기를 망설이던 저의 방황을 꿰뚫어보신 듯이, 나쓰야기 씨는 "좋은 예행연습이 될 테니까"라며 밝게 웃었고, 화면에는 직접 비치지 않는 관 속 장면도 직접 연기했습니다.

그런 몸 상태임에도, 촬영 현장에서는 스태프와 동료 배우들, 지켜보는 가족들 모두를 여느 때처럼 신경쓰며 다정하게 말을 걸어주셨습니다. 그런 모습이 인상 깊습니다.

올해 1월, 시부야에서 식사를 함께한 것이 마지막 만남이 되었습니다.

"촬영 도중 쓰러져 폐를 끼쳤습니다"라고 조용히 고개를 숙이는 그 모습에서 프로 배우로서의 엄격한 마음가짐을 느꼈습니다.

그때는 촬영 때보다 훨씬 건강해 보였고, 영화 차기작 등에 대해 즐겁게 이야기하셨기 때문에, 이토록 급작스러운 부고가 정말이지 안타깝습니다. 배우 나쓰야기 이사오의 마지막 작품에 관여할 수 있었던 것이 영상 관련 일을 하는 한 사람으로서 진심으로 자랑스럽습니다.

고인의 명복을 빕니다.

야
스
다
씨

미국 애리조나 주 메사 영화제에서 돌아왔습니다.

미국 체류기 등을 써볼까 했는데, 그것은 또 나중이 되겠네요.

3월 8일 엔진필름의 야스다 마사히로 회장이 갑자기 돌아가셨습니다.

너무 큰 충격으로 아직도 망연자실합니다.

야스다 씨와는, 제가 〈환상의 빛〉으로 감독 데뷔했을 때부터 친하게 지내왔습니다. 그보다, 항상 "콧짱, 밥 먹으러 갈까"라고 말을 걸어주셔서 맛있는 것을, 정말 이곳저곳의 맛있는 음식을 얻어먹었습니다.

그리고 무엇보다 〈원더풀 라이프〉 이후 제 모든 작품의 출자와 기획에서 시작해 캐스팅, 후반 작업에 이르기까지의 프로세스를 지원해주고, 조언해주며, 함께 웃거나 아쉬워하기도 했던 파트너였습니다.

저도 그렇지만 니시카와 미와 감독 역시 야스다 씨가 없었다면, 우리 두 사람은 지금 이렇게 영화감독으로서 작품을 만들지 못했을 겁니다. 그런 의미에서 우리 '남매'는 영락없는 야스다 씨의 '자식'이었습니다.


야스다 씨는 프로듀서라는 직함으로 크레디트에 오르는 것을 달가워하지 않았습니다. 항상 '기획'이라는 역할(직함)에 스스로를 한정해 취재에도 응하지 않았고, 밖으로 드러내지 않는 것을 일종의 미학으로 삼았습니다.

〈아무도 모른다〉로 칸 영화제에 갔을 때도 "아무래도 일이 있어서"라며 동행하지 않고, 시상식이 끝난 이후에야 도착해 칸 변두리의 작은 카페에서 "잘됐네, 콧짱"이라고 조용히 축하해주는, 그런 사람이었습니다.

크랭크인을 하면 "이미 내 일은 끝났으니까. 나는 대본을 만들고 캐스팅할 때가 제일 재미있어"라며 촬영 현장은 그다지 찾지 않았습니다. 와도 오래 머물지 않았습니다. 〈원더풀 라이프〉 때는 그가 촬영장을 방문한 다음날, 커피메이커가 현장 한편에 새로 비치되어 있기도 했습니다. 그런 배려를 스스럼없이 하는 사람이었습니다.

때론 무뚝뚝하게 비칠 수도 있는 말투나 회장이라는 입장 때문에, 자신의 존재가 필요 이상으로 주위와 현장에 부담을 줄까봐 염려하는 것처럼 느껴지기도 했습니다. 그런 섬세함은 아마 소마이 신지 감독과 일할 때부터 야스다 씨가 찾아낸 태도였을 것이라고 생각합니다.

그런 야스다 씨가 재작년 여름 〈걸어도 걸어도〉의 촬영 때는 몇 번이나 도호 영화사의 촬영장을 찾아주었습니다.

사이가 좋은 나쓰카와 유이 씨와 동년배인 기키 기린 씨의 존재가 큰 이유였겠지요. 아주 생글거리며 영화 현장을 즐겼습니다. 옆에 실린 사진은 그때 제가 찍은 것입니다.

그리고 올해 개봉될 니시카와의 신작 〈우리 의사선생님〉은, 야스다 씨가 영화 관련 일을 시작한 계기가 된 소마이 신지 감독의 〈도쿄 하늘〉 이후의 맹우라고 해도 좋은 '절친' 쇼후쿠

〈걸어도 걸어도〉 촬영 현장에서의 야스다 씨.

테이 쓰루베 선생의 주연작입니다.

야스다 씨는 몇 번이고 몇 번이고 밤을 새우면서 촬영 현장을 찾았습니다.

그래서 〈우리 의사선생님〉의 개봉을 기다리지 않고, 또한 제 신작의 완성을 기다리지 않고 쓰러져버린 것이 더욱 안타깝습니다.

저는 아버지를 두 번 잃은 것만 같은 그런 나날을 보내고 있습니다.

어제 영결식을 마치고, 화장터에서 니시카와와 둘이 나란히 야스다 씨를 떠나보낸 지금도 전혀 믿기지는 않습니다만……
명복을 빕니다. 수고하셨습니다. 그리고 정말 감사했습니다.

수
염

처음 TV를 본 기억은, 말하면서도 왠지 뭔가 거짓말 같은 데, 6조짜리 방의 재봉틀 옆에 놓인 다리 네 개짜리 흑백 TV 였다. 화면에 나온 것은 100미터 달리기 경기. 흑인 선수가 1등으로 결승선을 통과했다. 피부색이 다른 사람을 실제로 본 적이 없었기에 더욱 강하게 기억에 새겨졌을지도 모른다.

만약 이 영상이 도쿄 올림픽이라면, 그는 미국 대표로 출전한 밥 헤이스일 것이다. 헤이스는 이 올림픽 100미터 경기의 준결승에서 9초 9를 기록하고 결승에서도 10초 0을 기록해

다른 선수와 큰 차이로 금메달을 땄다.

당시 두 살이었던 나는 이 TV 방송을 책상다리를 한 아버지의 다리 위에 오도카니 앉아서 보고 있었다. 어떻게 그것을 알 수 있는가 하면, TV에 빠져든 내 볼에 까슬까슬한 아버지의 수염이 스치던 그 감촉이 함께 떠오르기 때문이다.

아버지는 TV로 프로야구를 보는 걸 좋아했다. 뭐랄까, 취미라고 부를 만한 게 그 정도밖에 없는 사람이었다. 초등학교 때 몇 번인가 함께 고라쿠엔 구장에 요미우리 자이언츠 경기를 보러 가기도 했다. 그러나 중학생이 된 후 둘 사이에 의견 대립 같은 것이 생겨 얼마 안 있어 대화가 완전히 사라졌다. 아버지는 오랜만에 둘만 남으면 "올해는 어떨까, 자이언츠는?"이라고, 이미 프로야구에 흥미를 잃은 지 오래인 다 큰 아들에게 말을 걸었다. 나는 애매하게 대답을 하고, 되도록 아버지와 둘만 남지 않으려 했다. 아버지가 돌아가신 지금 돌아보면, 정말 차가운 아들이었구나 하는 후회가 함께 떠오른다.

아버지 통야(고인을 밤새 추모하는 의식—옮긴이) 때의 일. 조문객이 모두 돌아가고 조용해진 사찰에서 오랜만에 아버지와 둘만 남게 됐다. 관의 작은 창을 여니, 코를 고는 듯이 아버지가 입을 벌리고 있다. 이대로 고별식을 하는 것은 보기 흉하다고 생각해, 수건을 말아 아버지의 턱밑에 댔다. 그 순간, 내

손에 까슬까슬한 수염이 닿았다. 30년 만에 그리운 그 기억이
되살아나 처음으로 울었다. 아침까지 눈물이 멈추지 않았다.

엄
마
의

등

　벌써 5년쯤 지났을까. 엄마와 함께 식사를 했다. 장소는 신
주쿠였다. "고기가 작네"라든가 "비싸잖아"라고 실컷 투덜거리
면서도, 어머니는 좋아하는 음식이었던 스키야키를 날름 먹어
치웠다.

　헤어질 때 "그럼, 또 봐"라며 즐거운 듯 손을 흔들며 오후
의 신주쿠 역으로 걸어들어가는 그 뒷모습을 보며 '어쩌면 함
께 밥을 먹는 것은 이번이 마지막일지도 몰라'라는 근거 없는
불안에 휩싸였다. 그래서 어머니의 등이 남쪽 출구의 개찰구

에서 인파 속으로 사라져 보이지 않을 때까지, 한동안 길에 서서 지켜봤다. 안타깝게도 그 예감은 현실이 됐다. '아무것도 해주지 못했는데'라는 후회에서 영화 〈걸어도 걸어도〉는 출발한다. 그렇기에 반대로 밝은 영화를 만들고 싶다는 생각이 강했다. 어머니가 죽음을 향해가는 과정이 아니라, 삶의 한순간을 잘라내자. 그 순간 속에 가족의 기억에 대한 음영을 차곡차곡 담아보자. 그렇게 생각했다. 마지막으로 배웅했던 엄마의 뒷모습처럼.

물론 이 이야기는 픽션이지만, 영화가 시작됐을 때 '아, 저기 엄마가 살아 있구나'라고 생각할 수 있는, 그런 영화를 만들고 싶었다. 그리고 우는 것이 아니라 가능하다면 웃고 싶었다.

엄마와, 함께 웃고 싶다고 생각했다.

엄마와, 두 살 무렵.

재
회

　사진가인 가와우치 린코 씨와 대담을 했다. 그녀의 새로운 사진집 『일루미넌스Illuminance』의 발간을 기념하는 서점 행사. 몰래 그녀를 '빛의 작가'라고 불렀는데, '빛의 조도'로 번역할 수 있는 이번 사진집은 그녀의 작품 중에서도 본류에 자리한다고 볼 수 있다.

　가와우치 씨와의 첫 만남은 2002년이었다. 〈아무도 모른다〉의 스틸 사진을 부탁한 것이 시작이다. 그 전해 그녀가 『선잠<sup>5</sup> たたね』이라는 사진집으로 기무라 이헤이 상을 수상하며 주목받

은 직후였다. 『선잠』에 그려진 '일상'에의 눈길. 섬세한 빛의 포착에 첫눈에 반해서, 어떻게 해서라도 영화 속 아이들을 그녀의 시선에 잡히게 하고 싶었다.

대담에 임하기 전, 예습해둘 요량으로, 그녀의 사진집을 데뷔작부터 찾아서 다시 봤다. 그중 가와우치 씨가 자신의 가족을 13년에 걸쳐 기록한 『큐이큐이<sup>Cui Cui</sup>』라는 사진집이 있다. 그녀의 친정인 시가 현에서 밭일을 하며 사는 조부모를 중심으로, 거기에 모인 부모님과 친척의 모습을 좇은 개인적인 사진이 시간축을 따라 늘어서 있다.

중반을 넘겼을 무렵, 느닷없이 이야기의 중심이던 할아버지가 돌아가신다. 남편의 죽음에 당황해, 망연히 서 있는 할머니의 뒷모습이 인상적이다. 장례식이 끝나고 할머니는 혼자가 되지만, 얼마 후 가와우치 집안에 새로운 생명이 탄생하고, 또 집안에(사진에) 빛이 차오른다. 그때, 지금까지의 시간축을 부수고 돌아가신 할아버지가 등장한다. 작가는 파인더를 보며 문득 생전의 할아버지를 떠올린 것일까. 아기 곁에서 할아버지의 존재(부재)를 느낀 걸까. 어쨌든 기록은 기억으로 한순간 변모했다. 이 사진을 보고 울었다. 그것은 어쩌면 아이가 생겼을 때, 나도 몇 년 전 돌아가신 어머니를 떠올렸기 때문인지도 모른다. 사진 속에 그려진 감정에 나 자신이 겹친 것이다. 작품은 시간을 거치며 변화해간다. 그리고 변화한 나와 다시 만난다. "오랜만입니다. 처음 뵙겠습니다."

7 장

3월 11일, 지금부터

3월 11일. 시부야에서 영화 〈킹스 스피치〉를 관람한 지 30분
만에 땅이 흔들렸다. 지금까지 경험하지 못했던 강도와 길이
였다. 운좋게 택시를 잡아타고 곧장 집으로 돌아갔다. 바닥에
널브러진 책을 책장에 다시 꽂기 전 TV를 틀어, 그 쓰나미 영
상을 봤다. 세 살짜리 딸을 데리러 아내와 보육원에 갔다. 인
접한 대학 체육관으로 대피했던 딸은 우리를 보고는 달려왔
다. 언제나처럼.

"있잖아, 누가 흔드는 거야?"

4월 1일부터 사흘간 재해지를 찾았다. 카메라맨과 동행한 취재였지만, 방송 여부가 불투명한 자체 제작이다. 영상 제작자를 자처하면서도 지진이 일어난 후 2주간 TV 앞에 앉아 있기만 했다. 그 조바심이 나를 도호쿠로 향하게 했을 것이다. 피해 주민의 입장에서는 자기만족이라고 무시해도 어쩔 수 없을지 모른다. 그러나, 그렇기에 더욱더 눈으로 본 거리, 그리고 물과 먼지가 뒤섞인 강렬한 냄새만은 마음에 새기고 돌아가자고 생각했다. 우연히 취재에 동행하게 된 통신사 기자와 함께, 이시노마키의 한 중학교를 찾았다. 재해를 당한 200여 명이 기거중인 체육관에 난로는 세 개뿐. 나를 자원봉사자로 착각한 한 여성이 "양말 없어요? 남자용"이라고 말을 걸어왔다. 그런 불편한 생활 속에서 아이들만은 건강하게 떠들고 있었다. 집단생활의 흥분 뒤에 감추고 있을지도 모르는 아픔을 알 길이 없지만, 그들의 웃음소리에 구원받은 사람도 분명 적지 않을 것이다.

집에 돌아와 현관문을 여니, 딸이 서 있다. 언제나처럼.

"누군가가 흔드는 게 아니야."

그녀는 나를 가르치듯, 타이르듯 그렇게 말했다. 아마 어린이집 선생님이 가르쳐주었겠지.

"그래? 누군가가 흔드는 게 아니구나."

나는 오랜만에 웃었다.

올
바
름

 

알카에다의 지도자 빈 라덴이 살해됐다는 뉴스가 보도됐다. '9·11'의 '보복'에 성공한 미국은 여기저기서 'USA'를 함께 외치는 축제 분위기라고 한다.

설사 아무리 극악한 인간이라도 누군가가 살해당한 것을 기뻐하는 행위는 적어도 남 앞에서는 삼가야 한다고 생각한다. 이러한 사고는, 원래 성격이 비뚤어져서이기도 하지만, 방송일을 시작할 때부터 작심한, 8할의 인간이 그 '옳음'을 지지할 때 2할의 소수파의 목소리에 귀기울이자는 태도와, 또한 나의 이유에 근거한다. 올바른 전쟁과 잘못된 전쟁이 있는 게 아니라, 전쟁 자체가 나쁘다는 신조에 따른 것이다. 전쟁은 정치를 포기하는 게 아니라 정치의 한 부분이라는 목소리도 들려오지만, 사람을 죽여서 찾아오는 평화가 있다면 신문도 방송도 존재 의의를 잃는다. 저널리즘은 무력행사 이외의 방법을 끝까지 믿고, 모색하고, 그것에 몸을 바치는 가치관이다. 그것은 일찍이 '옳음'을 부추겨, 권력과 하나되어 사람들을 전쟁으로 내몬 것에 대한 반성으로서 언론이 떠안은 역할이자 책임이라고 생각한다.

얼마 전 〈킹스 스피치〉라는 영화를 봤다. 말더듬증을 극복하는 '작은' 이야기가, 왕이 국민에게 왕으로 인정받는 연설을 성공시킨다는 '큰' 이야기와 겹쳐지는 훌륭한 구성의 영화였다. 그러나 영화를 본 후 확실히 위화감도 크게 들었다. '뭐야, 어차피 '올바른' 전쟁에 국민을 몰아넣는 왕의 이야기인가……' 싶었다.

만약 나라면 어떻게 했을지 상상해본다. 왕이 아니라 왕의 말더듬증을 치료한 언어치료사를 주인공으로 설정해, 자신이 쓴 연설문으로 자신의 아이들이 '올바른' 전쟁에 참전해 상처받는 것을 본다…… 그런 식으로 평범한 인간이 커다란 올바름과 작은 ('아버지로서의') 고통 사이에서 흔들리는 이야기는

어떨까. 아마 아카데미 상을 탈 순 없겠지만, 어쩌면 지지해주는 사람이 2할 정도는 있을지 모른다⋯⋯ 헌법기념일에 이런 생각을 해보았다.

　5월 21일. 〈진짜로 일어날지도 몰라 기적〉의 홍보 행사차
센다이를 찾았다. 스태프에게 억지를 부려 시간을 내서 이시
노마키와 오나가와를 다시 찾았다. 4월 2일 이후니까 한 달 반
만이다. 쓰레기 더미 철거가 진행중이었다. 전봇대는 전봇대,
차는 차로 분류돼 한데 모아져 쌓여 있었다. 시내는 지반침하
가 진행되면서, 차로 달리면 여기저기에 웅덩이가 생겼다. '부
흥'이라기보다는 초기 '복구' 작업에 겨우 이르렀다는 인상을
받았다.

오나가와는 괴멸적인 피해를 당한 곳이었지만, 잔해 철거가 진행된 탓에 마을 전체가 공터로 변해, 고지대에서 항구까지가 한눈에 들어온다. 그곳에서 다시 그냥 망연히 서 있을 뿐이었다. 지난번에도 이번에도 카메라는 가져갔지만 풍경밖에 찍지 않았다. 도저히 사람에게 카메라를 들이대고 이야기를 들을 용기(?)가 나지 않는다. 이는 결코 윤리관 때문만은 아니다.

보도기관에 종사해, 재해지에서 고민하면서 카메라를 돌리고 마이크를 쥐는 사람이 존경스럽다. 그에 비하면 나는 지난번에도 이번에도 재해민에게 도움이 되고 싶어서 간 것은 아니다. 그 사실을 그 자리에 도착했을 때 바로 알았다. 나는 나를 위해 재해지에 갔다. 아마 내 눈으로 봐두고 싶었을 것이다.

"작품으로 만들지 않을 건가요?"라는 질문을 몇 번이나 받았다. "아직 생각이 없습니다" "촬영한 것은 어쩌고요?" "어쩌죠……" 10년 후, 20년 후, 나의 딸과 그 친구들에게 이 눈으로 본 풍경을, 냄새를 들려줄지도 모른다.

그러나 지금 작품 제작을 전제로 그 재해지에 서는 것은 아무래도 주저된다. 만약 그렇다면, 그려야 할 이야기를 거기에서 찾아가는 단계를 거치지 않으면 안 된다. 아마 나는 그게 싫은 모양이다. 그 풍경을, 그 풍경을 앞에 두고 서 있는 사람들을 '이야기화'해 제시하기는 조금 이르지 않나 싶다. 완강하

게 이야기화를 거부하는 그 압도적인 붕괴 앞에서 조금 더 서
있어야 한다고 생각한다. 내가 보도형 인간이 아니라는 것을
통감하며 도쿄로 돌아왔다.

당
황

6월 8일. 후쿠시마 현의 소마 고등학교를 찾았다. 후쿠시마에서 5월에 열린 자선 상영회에 〈진짜로 일어날지도 몰라 기적〉을 보러 온 방송부 고문 선생님이 내게 말을 걸어온 게 계기였다. 원자력발전이나 지진을 주제로 학생들이 방송을 만들고 있으니 격려의 메시지를 보내주지 않겠느냐고 부탁해왔었다. 스스로 재해지를 취재해 방송으로 만드는 게 아무래도 주저되던 내게 이 제안은 어떤 의미에서 딱 맞아떨어지는 기회였다. "그런 일이라면 직접 만나죠"라고 말해, 이번 방문이 실현

된 것이다. 신칸센으로 센다이까지 갔다가 그곳에서 차를 타고 해안 고속도로를 남하했다. 한 시간 조금 넘게 걸려 소마에 도착할 때까지 잔해 더미가 즐비했다. 복구를 마치고 부흥하기 위한 길의 험난함을 되새기게 했다.

여섯 시간 동안의 체류는 순식간이었다. 절반은 학생들과 잡담을 주고받는 데 썼지만(AKB48 이야기 같은 것) 참 즐거웠다. 과거 전국 콩쿠르에서 단골로 입상했던 소마 고교 방송부이지만, 현재 구성원은 단 두 명. 이번에는 그 두 명에 더해서, 같은 현 내에 위치하나 학교 건물을 쓸 수 없게 돼 잠시 소마고교를 빌려 쓰고 있는 하라마치 고등학교의 방송부 학생들과도 이야기를 나눌 수 있었다.

그들이 제작중인 프로그램을 내게 보여줬다. 지진의 영향으로 사라졌던 학생들의 웃음이 교실에 되돌아올 때까지를 추적한 것이었다. 마을회관에서 불편한 공동생활을 해야만 했던 학생들과 그들을 돌본 교사의 인터뷰로 구성된 라디오 다큐멘터리. 당사자의 당혹스러움과 고민은, 그것을 표현하는 기술적 완성도를 뛰어넘어 절실하게 다가온다. 신경쓰이는 게 하나 있었다. 작품 몇 개가 전반적인 구성을 무시하고 '인연'이나 '웃음'을 강조하며 긍정적으로 마무리된 것이다. 아마도 TV에서 방송되는, 프로인 어른들이 만든 프로그램의 악영향인 듯했다. 이러한 미증유의 지진을 거쳤음에도 그 이전과 마찬가지로 획일화된, 진부한 방법에 머무는 프로그램이 얼마나 많은가.

"당황한 채라도 괜찮아." 나는 그들에게 그런 말을 건넸는데, 오히려 내가 속한 프로의 세계에 해야만 하는 말인지도 모르겠다.

이번에는 덩리쥔의 노래 제목 같은 제목입니다만……

오사카에서 무대인사를 마치고, 방금 도쿄에 돌아왔다. TV 뉴스쇼에서는 올여름의 전력 부족을 경고하기 위한(?) 싸구려 재연 드라마가 무시무시한 효과음과 함께 방송되고 있다. 3개월간의 영화 홍보 행사는 일단 끝났다. 아직 몇 개의 영화관에서 GV 같은 행사가 남아 있지만, 〈진짜로 일어날지도 몰라 기적〉과의 여행은 이것으로 일단락됐다. 이제 영화는 내 품을 떠나 날아간 민들레 씨앗 같은 것일 뿐, 착지한 곳에

서 뿌리를 내려 꽃을 피워줬으면 하는 바람만 남아 있을 뿐이
다. 통상적으로는 슬슬 '다음'에 무엇을 찍을지 생각하는 시기
다. 그러나 이번에는 좀 다르다. 이유는 역시 재해다.

〈진짜로 일어날지도 몰라 기적〉을 본 사람들에게서 "부모가
되고 나서 아이를 그리는 방식이 바뀌지 않았느냐"는 질문을
여러 번 들었다. 솔직히 스스로는 의식하지 않고 있다. 6년 전
어머니를 잃고 "아…… 이제 누구의 아들도 아니구나"라고 생
각했다. 그런 내가 3년 후 부모가 되면서 세계관(이라고 할 정
도로 대단하지는 않지만)이 확실히 달라졌다. 영화가 감독의 인
간관이나 세계관을 반영한 것이라면, 나의 변화는 당연히 작
품도 바꿀 것이다. 그렇다면 이 대지진도 변화를 가져오지 않
을 리 없다.

연출가와 감독을 나름대로 구분해본다면, 배우의 연기를
종합적으로 컨트롤하는 것이 연출가이고, 감독은 그 인간들
이 사는 세상의 존재 양상을 제시하는 역할을 맡는 것이 아닐
까 하고 멋대로 생각한다.

대지진의 경험을 패전에 비유한 사람이 있었는데, 그 잔해
더미의 풍경을 보면 그것이 결코 과장이 아님을 알게 된다.

3월 11일의 전과 후, 나의 눈앞에 펼쳐진 세계는 과거도 포
함해 그 의미가 크게 바뀌었다. 그 변화에서 오는 당혹감. 그

변화를 작품이라는 형태로 그리는 것에 대한 주저. 수면에 너무 큰 돌이 던져져 물결이 아직 잦아들지 않은 상황. 연출가로서의 나는 한시라도 빨리 배우들과 공동 작업을 재개하고 싶지만, 감독으로서는 당분간 좀더 파문을 응시하고 싶다. 지금은 그런 두 가지 생각으로 나뉘어 있다.

망
각

　오늘 아침에 다시 꽤 긴 지진이 있었다. 진원지는 산리쿠 해상이고 진도는 7.3도. 동일본 대지진 이후 처음으로 쓰나미도 관측됐다.

　영화 개봉도 일단락되고 다음 작품 준비도 이미 시작되었다. 개인으로서는 '일상'으로 돌아온 듯한 '착각'에 빠진 지금의 내가 있다. 그런 내게 "잊지 마"라고, 오늘 지진이 경고한다는 기분마저 들었다. "일상 같은 건 이제 더는 돌아오지 않아"라고 말이다. 재해지의 부흥은 고사하고 복구도 아직 이뤄

지지 않은 상황에서, 결론은 이미 정해져 있다고 말하는 사기꾼 같은 방식으로 원전을 재가동하려는 무리가 이미 등장했다. 원전 내구성 진단은 간이 검사로 때운다? 그런 발언은 그 지진을 경험하기 이전의 인간만 가능할 뿐이다. 그래서 그들은 더이상 '인간'이 아니다. 그런가 하면, 지진으로 인해 교통이 마비되어 집에 돌아가지 못해 곤란해하는 수많은 사람들을 역 구내에서 몰아낸 철도 회사에 욕을 퍼붓던 도지사는, 그에 대한 대책이나 자신의 책임을 말하기보다 도쿄 올림픽으로 힘을 보여주자고 말한다. 그의 아들은, 이런 환경에서 아이를 키우는 것이 불안하다고 목소리를 높이는 사람들의 상황을 집단 히스테리라고 부른다. "빨리 잊자." 그들은 모두 그렇게 말하는 것 같다.

우리가 4개월 전에 경험한 것은, 일본 어느 곳에 사는지에 관계없이, 지금까지 우리가 중요한 것을 외면하고 잊은 척하며 내달려온 문명을 근본부터 되묻는 사건이었다. 그 풍경을 앞에 두고, '미래'나 '안전'보다도 '경제'를 우선시하는 가치관이 경멸스럽다. 사태는 그리 복잡하지 않다. 댐과 도로가 그 지역 사람들의 생활을 풍요롭게 하기 때문이 아니라, 아무리 그것이 쓸데없다 하더라도 그 자체가 존재한다는 것만으로 돈이 움직인다는 식의 구도가, 원전을 둘러싸고도 반복되고 있을 뿐이다. 그리고 일반인들의 눈을 흐리는 큰 원인 중 하나는, 신문과 방송이라는 미디어가 벌써 망각 쪽으로 방향키를 돌렸다는 사실이다. 그들 대부분도 역시 기득권층의 이익 안에서 눈이 흐려져버린 것이다.

인간이 인간이기 위해서는, 실패까지도 기억하는 것이 필요하다. 그것이 결국 문화로 성숙된다. 그 시간을 기다리지 않고 망각을 강요하는 것은 인간에게 동물이 되라는 것과 마찬가지다. 그것은 정치와 언론이 행할 수 있는 가장 강하고, 가장 치졸한 폭력이다.

옮긴이 **이영희**
연세대에서 정치외교학을 전공하고, 일본 게이오대에서 한일관계로 석사 학위를 받았다. 현재 중앙일보 문화부 기자로 일하고 있다. 지은 책으로『어쩌다 어른』, 옮긴 책으로『그렇지 않다면 석양이 이토록 아름다울 리 없다』가 있다.

# 걷는 듯 천천히

1판 1쇄 2015년 8월 28일
1판 15쇄 2023년 12월 28일

지은이 고레에다 히로카즈 | 옮긴이 이영희
**책임편집** 임혜지 | **편집** 이경록 장영선 | **독자모니터** 이희연
**디자인** 김선미 | **저작권** 박지영 형소진 최은진 서연주 오서영
**마케팅** 정민호 서지화 한민아 이민경 안남영 왕지경 황승현 김혜원 김하연 김예진
**브랜딩** 함유지 함근아 고보미 박민재 김희숙 박다솔 조다현 정승민 배진성
**제작** 강신은 김동욱 이순호 | **제작처** 영신사

**펴낸곳** (주)문학동네 | **펴낸이** 김소영
**출판등록** 1993년 10월 22일 제2003-000045호
**주소** 10881 경기도 파주시 회동길 210
**전자우편** editor@munhak.com | **대표전화** 031)955-8888 | **팩스** 031)955-8855
**문의전화** 031)955-3579(마케팅), 031)955-1905(편집)
**문학동네카페** http://cafe.naver.com/mhdn
**인스타그램** @munhakdongne | **트위터** @munhakdongne
**북클럽문학동네** http://bookclubmunhak.com

ISBN 978-89-546-3736-7 03830

잘못된 책은 구입하신 서점에서 교환해드립니다. 기타 교환 문의 031)955-2661, 3580

**www.munhak.com**